D0637577

La porte du froid

Claude Bolduc

MÉDIASPAUL

Médiaspaul est bénéficiaire des programmes d'aide à l'édition du Conseil des Arts du Canada et de la Société de développement des entreprises culturelles du Québec (SODEC).

Données de catalogage avant publication (Canada)

Bolduc, Claude, 1960-

    La porte du froid

    (Collection Jeunesse-pop; 127)

    ISBN 2-89420-145-1

    I. Titre. II. Collection.

PS8553.O474P67 1998   jC843'.54   C98-941174-5
PS9553.O474P67 1998
PZ23.B64Po 1998

Composition et mise en page: *Médiaspaul*

Illustration de la couverture: *SV Bell*

ISBN 2-89420-145-1

Dépôt légal — 4ᵉ trimestre 1998
Bibliothèque nationale du Québec
Bibliothèque nationale du Canada

© 1998 Médiaspaul
          3965, boul. Henri-Bourassa Est
          Montréal, QC, H1H 1L1 (Canada)

· 1 ·

Le moteur démarra au troisième coup, ce qui n'était pas trop tôt. Denis venait de s'étirer un muscle dans le cou, comme cela lui arrivait hélas parfois en tirant sur la corde (C'est bien meilleur pour la santé qu'un démarreur électrique, disait son père). En grimaçant, il s'installa au guidon, mit doucement les gaz, et la motoneige partit en souplesse.

Inévitablement, on l'entendrait. Denis misait sur le fait que ses parents ne verraient rien d'anormal à ce qu'il se lève de bonne heure, pendant les vacances des Fêtes, pour profiter davantage de la motoneige familiale. Voilà ce qu'il appelait de la pensée positive.

Il traversa la cour, puis la rue, avant de gagner les champs qui menaient à la montagne. Là, enfin, il se permit une pointe de vitesse, l'accélérateur écrasé pendant de longues secondes, la visière de son casque plaquée par le vent, son engin littéralement propulsé dans les airs à chaque bosse. Bien cachés sous le capot, une cinquantaine de chevaux rugissaient à lui emplir les oreilles, pendant que l'accélération tendait ses bras agrippés au guidon.

Denis relâcha toutefois la pression sur la manette; en cette période de l'hiver, les fils barbelés séparant les champs n'étaient pas complètement enfouis sous la neige. Chaque année, quelqu'un se faisait trancher la tête par un fil de clôture ayant passé par-dessus la motoneige.

À une dizaine de mètres de la lisière du bois, où le chemin commençait à grimper en serpentant, Denis tourna à gauche et longea les arbres vers l'ouest, en direction du village. L'envie de filer plus vite le démangeait, mais la prudence, difficilement, prit le pas sur la fébrilité. Il n'avait aucune raison de s'inquiéter. Il suffisait de suivre le plan établi et tout se passerait bien.

Cette pensée réjouissante ne l'empêcha pas de jeter de fréquents coups d'œil vers l'arrière, en dépit de son mal de cou. Comme si son père avait seulement pu penser se lever, sauter sur l'autre motoneige et venir lui demander où il allait! Un samedi matin! En plein temps des Fêtes! Non. Ce n'était pas ça. Denis ne tenait pas à ce que quelqu'un le remarque, tout simplement. Plus il s'écoulait de temps avant qu'on ne remarque leur départ, à lui et à Moteur, meilleures étaient les chances de réussite. Tout ça pour quelques jours de sainte paix! La liberté totale et absolue, la possibilité pour lui et son compagnon de faire tout ce qu'ils voulaient. Oui!

D'un grand geste du bras, il écrasa l'accélérateur. Il ralentirait aux clôtures, voilà tout.

Et si Moteur, pour une raison ou une autre, n'était pas au rendez-vous? Denis se voyait mal en train d'attendre tranquillement son compagnon alors que déjà, peut-être, son père était en train de se demander où diable il s'en allait à une heure pareille.

J'm'en vais chez mon oncle Eugène, 'pa.

Denis rit dans son casque, ce qui fit s'embuer sa visière. Il dut ralentir afin de la relever mais le vent s'engouffra subitement sous la visière, faisant basculer le casque sur sa tête. Il freina d'une main et rajusta le tout de l'autre. Au même moment, la motoneige percuta quelque chose de dur et s'arrêta net. Denis s'envola par-dessus le guidon et roula un bon bout dans la neige folle, sans rencontrer d'obstacle. Il mit quelques secondes à se redresser, le temps que sa tête cesse de tourner, puis à s'apercevoir que sa visière pendait lamentablement sur une seule charnière. De la neige fondante constellait son visage. Sa première pensée alla à la motoneige, qui à première vue semblait intacte. D'ailleurs, le moteur tournait toujours.

Ayant élevé une jambe au-dessus de la neige, Denis la replanta un mètre plus loin, tout en balayant de sa grosse mitaine l'eau sur son visage. Quelques enjambées plus loin, son inquiétude commença à se dissiper. La moto-neige était penchée dans l'épaisseur de neige, son coin avant droit appuyé contre ce qui avait tout l'air d'être le bout d'un piquet de clôture. Quand Denis attrapa le ski de droite pour re-mettre l'engin d'aplomb, il ne rencontra aucune résistance et faillit partir à la renverse. Il serra les dents, fit jouer le ski librement. Le guidon ne suivait pas le mouvement.

Ce fut comme si une main géante s'était refermée sur son cœur. Un long moment, ses poumons vides oublièrent d'aspirer. *Euh... désolé 'pa, y avait un orignal sur le sentier, et demande-moi pas pourquoi, il a foncé sur mon ski droit.*

Le ski de gauche avait heureusement un jeu normal, difficile à tourner, bien relié au guidon. Denis défit fébrilement les attaches du capot, le souleva et plongea la tête au-dessus du moteur. Le problème lui apparut tout à l'avant, sous la forme d'une articulation brisée dans la tringlerie de direction. *Ouais, ouais, un gros buck, 'pa, avec un panache de cinq pieds au moins! J'ai manqué virer à l'envers! Je pense qu'on s'en est bien tiré quand même, non?*

Son père allait l'étrangler, oui!

Mais en attendant, plus grave encore, ce bris mécanique pouvait ruiner leur expédition (l'expédition de Denis, en fait, car Moteur était en quelque sorte un invité) au chalet de feu l'oncle Eugène.

Denis rabattit le capot. Assez perdu de temps, bon sang! Cela faisait bien cinq minutes de gaspillées. Moteur saurait bricoler quelque chose pour ce foutu ski.

Il grimpa sur le siège, mit tout son poids sur le côté gauche, celui dont le ski obéissait toujours au guidon. La motoneige s'inclina. En douceur, il mit les gaz et l'engin décolla en louvoyant dans la neige folle. L'exercice demandait de la précision, mais Denis prit bientôt de l'assurance et roula plus vite, s'amusant même à voir le ski de droite balloter dans les airs. Sa visière cassée, qui se balançait devant son visage, devint bien vite irritante.

Sans l'ombre d'un doute, il avait pris du retard. C'est en maugréant qu'il bifurqua enfin vers la montagne, pour attaquer la côte entre les arbres qui menait à la clairière du rendez-vous. À sa grande surprise, il n'y avait aucune trace fraîche dans la neige. Il arrivait le premier!

L'endroit, dégagé et assez plat, formait une légère dépression encerclée d'épinettes et de bouleaux. C'était pour l'instant désert.

Il roula jusqu'à la carcasse du gros bouleau mort où, depuis une dizaine de jours, Moteur et lui avaient progressivement, sans se faire remarquer, caché tout le bagage dont ils auraient besoin là-bas. Il stoppa la motoneige et s'assit droit sur le siège. L'engin retomba à plat, un ski droit, l'autre tourné vers l'intérieur. Le tronc du bouleau se trouvait sur le rebord qui ceinturait la clairière, environ deux mètres plus haut que le sol, mais l'arbre était tombé de ce côté-ci, se fracturant à mi-longueur. C'est dans la cassure elle-même, sous la neige, que se trouvaient leurs effets patiemment rassemblés.

Mais où diable était Moteur? Que faisait-il donc?

Comment savoir s'il n'avait pas été dans l'obligation de renoncer à ces quelques jours de rêve, et empêché d'en prévenir Denis? Il regarda nerveusement à la ronde. Quelqu'un finirait par passer et on le remarquerait, immobile dans la clairière en forme de cratère. On viendrait voir s'il avait besoin d'aide. *Oh, je vous assure que tout va bien, je m'étais juste arrêté pour prendre un peu de soleil. Ah, c'est nuageux? Ben coudon, je vais attendre encore un peu.* La seule idée de rencontrer quelqu'un maintenant provoquait un tremblement dans ses mains.

Cette excursion clandestine avait été bien trop longtemps planifiée, puis attendue (dans la fébrilité la plus totale, à partir du moment où étaient apparues les premières neiges), pour que Denis coure le moindre risque de tout bousiller. Il n'aurait su dire si ceci représentait un accomplissement symbolique, une Grande

Étape de sa vie, mais une chose était sûre: cette fugue d'une semaine, il ne l'annulerait pour rien au monde. Et si Moteur n'arrivait pas d'ici cinq petites minutes, il partirait tout seul.

Son regard qui s'abaissait rencontra le ski à l'articulation brisée de sa motoneige.

Disons dix minutes.

Il se penchait vers la clé de contact pour éteindre le moteur lorsque la neige explosa près de lui. Il sursauta, releva la tête.

Tout un pan de la neige sur le pourtour de la clairière venait de s'envoler. Il n'y eut plus que du blanc en mouvement dans les airs, comme si une gigantesque voile s'était tendue devant ses yeux. Derrière tout ce blanc, un trait noir, jaune et familier fendit l'espace avec un hurlement de mécanique en furie.

Denis se décrispa et regarda El Toro retomber lourdement sur le sol, en rebondissant de travers à quelques reprises, pour ensuite s'immobiliser après un bref dérapage de côté. Moteur se dressa sur son engin, souleva la visière de son casque, et cria quelque chose que Denis n'entendit pas parce que son cœur battait trop fort dans sa poitrine. Même le sourire de Moteur, si large qu'il le devinait malgré son casque monobloc, ne put le calmer. Espèce de con! Un bon coup de pied au derrière, voilà ce que ça lui prenait! Denis sautilla rapidement jusqu'à l'étrange assemblage de vieux et de neuf qu'était El Toro.

— Maudit malade! aboya-t-il en le pointant du doigt.

Moteur riait encore dans son casque.

— Ouais, t'as eu peur! Tu t'es pas vu la face! T'avais les yeux ronds comme ton casque!

Denis s'aperçut que Moteur avait raison. Il était en train de s'énerver. Ce n'était pas le moment de perdre la face.

— Pense à la bière, au moins! répliqua-t-il, plus calme. On traite pas la bière comme ça! Quoi? T'as juste une caisse de vingt-quatre? Qu'est-ce qu'on va boire? De la neige? Ça fait déjà pas mal que je bois aujourd'hui!

— Du fort, mon vieux, on va boire du fort. Parce que la bière, ça peut geler avant qu'on arrive.

— J'pense que tu la brasses pas mal trop pour qu'elle gèle.

Moteur fouilla dans le sac de cuir fixé sur son banc.

— Tiens, occupe-toi de ça, fit-il en lui lançant une grosse bouteille dotée d'une poignée moulée. Ça gèlera pas, même à moins quarante!

Denis attrapa la bouteille. Du whisky. Du Seagram avec plein d'étoiles sur l'étiquette.

— Pas pire, dit-il en plaçant la bouteille dans son propre sac.

— À part ça?

— Ben... rien. Ça a l'air qu'il va encore neiger.

— Tant mieux. Ça va effacer nos traces plus vite.

— Moteur, je pense qu'on a un maudit problème, fit Denis à voix basse, après s'être tourné vers sa propre motoneige.

— On dirait qu'un de tes skis est pas d'accord avec l'autre. Montre donc ça, voir...

Moteur sauta de sa motoneige et se défit de son casque. Sa chevelure hirsute et humide se dressa sur sa tête, lui donnant l'air d'un cactus malade. Il marcha vers l'engin endommagé, donnant au passage une tape sur l'épaule de Denis.

Quelques secondes après avoir enfoui sa tête sous le capot, Moteur se redressa et se tourna vers lui.

— Donne-moi dix, quinze minutes, et ça va être réparé — avec de la broche.

— OK. Moi, je vais déterrer les bagages.

Même si au fond il savait d'avance que Moteur pouvait réparer à peu près n'importe quoi, Denis était soulagé par la réaction de son compagnon. Ayant enlevé son casque, il chercha un moyen pour arranger sa visière cassée, n'en trouva pas, passa au plus pressant. Il se dirigea vers le bouleau abattu, puis creusa dans la neige au pied de la fracture de l'arbre. En se relevant pour emporter les gros sacs de plastique vers les motoneiges, Denis s'aperçut qu'il faisait moins clair que tout à l'heure. Les nuages s'accumulaient.

13

Il déposa un premier sac sur le siège d'El Toro, cet engin reconnaissable entre tous, bricolé par Moteur lui-même. Il n'était pas donné à tout le monde de vouloir, notamment, marier un capot de Bombardier 1963, ceux avec un gros «V» renflé et perforé sur le devant, à un chassis de Formula 3 1995, avec un moteur à trois cylindres. Ou encore de peindre le tout en noir, jaune et orange, ce qui donnait à El Toro les airs d'une créature tout droit sortie de l'enfer. El Toro avait cependant un défaut: c'était une monoplace. Jamais ils ne pourraient s'y installer tous les deux avec leurs bagages en cas de problème insoluble sur sa motoneige à lui — enfin, celle de son père.

Ce mot qui venait de passer dans son esprit revint subitement, en plus gros, et clignota sur l'écran de ses pensées. Père. Denis tenta de visualiser la scène de son retour à la maison, au terme d'une fugue de sept ou huit jours, après avoir volé la motoneige paternelle et l'avoir ramenée en pièces détachées. *Salut, 'pa. Pis, passez-vous des belles Fêtes?*

Un coup d'œil du côté de Moteur, qui s'affairait sur la tringlerie de direction, chassa les mauvaises pensées. Son compagnon souriait en déroulant, puis en taillant des bouts de broche avec ses pinces. Il était dans son élément. Tout allait bien.

Denis attacha soigneusement le premier sac Glad sur le siège d'El Toro, par-dessus la caisse de bière. Il tira trop fort sur l'une des bandes élastiques en voulant la fixer plus loin, et le crochet qui la terminait vola soudain dans les airs. Une de moins. Il secoua le tas de bagages, qui lui sembla malgré tout assez solide pour résister au pilotage impétueux de son compagnon.

Puis, comme Denis agrippait le second sac pour l'emporter sur sa motoneige, Moteur referma le capot et se tourna vers lui.

— C'est prêt pour la route! dit-il en faisant jouer le guidon, auquel les deux skis obéirent fidèlement.

Denis bondit sur le siège, bousculant Moteur de l'épaule, l'envoyant valser dans la neige. Il feignit de l'ignorer, tourna à son tour le guidon, se pencha en avant pour observer le mouvement des skis.

— Belle job, mon vieux, belle...

Une pleine poignée de neige gicla dans son visage et dans l'ouverture de son manteau.

— Je peux pas te garantir que ça va faire l'hiver, mais c'est bon pour un bout, fit Moteur en essuyant sa main sur sa combinaison.

— Parfait, fit Denis, qui sentit la neige fondre et descendre dans son cou. On voit ben que t'es pas allé à l'école longtemps.

— L'école, ça m'empêchait de gagner de l'argent. Par exemple en réparant les ski-doos ou les motos des copains. Mais aujourd'hui, c'est gratis. Vu que c'est toi.

Puis Moteur sourit, d'un sourire trop beau pour être honnête. Il balança soudain au visage de Denis la poignée de neige qu'il avait dans son autre main.

S'épongeant le front du revers de la manche, Denis finit par sourire lui aussi. Les occasions de revanche seraient certainement nombreuses au cours des prochains jours. Il secoua la neige sur sa chemise, ferma son manteau, puis attacha le dernier sac sur le porte-bagage de sa motoneige — un autre luxe que ne possédait pas El Toro.

Bon sang! Quelle bonne idée il avait eue de parler de son projet à Moteur!

La semaine dernière, alors qu'il en était aux derniers préparatifs, Denis était allé consulter un expert pour obtenir certaines précisions d'ordre mécanique. Moteur, bien sûr, était l'homme de la situation. Et aussi celui qui avait posé le plus de questions ce jour-là, car les conversations traitant de longues randonnées le passionnaient. Quand finalement Denis eut tout raconté son projet, et que Moteur se fut mis à le supplier, il n'avait eu d'autre choix que d'accepter un compagnon de route, même si au départ l'idée que quelqu'un l'accompagne lui répugnait.

— Bon ben, je pense qu'on est prêt! cria Denis.

Le moteur démarra au deuxième coup sur la corde, et cette fois, le cou du garçon supporta le choc. En route! C'était comme si un poids énorme venait de quitter sa poitrine. Ils partaient! Le chalet! Denis mit son casque pour dissimuler une partie de l'éclat de rire qui le secouait tout à coup. Car il venait de prendre conscience que, si par malheur ils avaient dû annuler leur petit voyage, il ne s'en serait jamais remis. Il en aurait été *vraiment* malade. Il *fallait* qu'il aille au chalet d'oncle Eugène.

La pétaradante symphonie des trois cylindres d'El Toro éclata près de lui (Moteur avait également tripoté le système d'échappement). Son compagnon lui fit un signe de la main, puis démarra à fond, en tirant un bon coup sur le guidon. El Toro partit comme une flèche, son avant soulevé du sol, sa chenille crachant sur plusieurs mètres un véritable ouragan de neige.

Coucou, feu mon oncle, me v'là!

Denis écrasa à son tour la manette d'accélérateur et se lança sur la trace de son compagnon.

Les premiers flocons de neige saluèrent leur départ.

· 2 ·

Denis regretta de n'avoir pu réparer solidement la visière de son casque au moment de partir. Elle se balançait maintenant sur sa seule articulation, passant et repassant devant ses yeux. Dès qu'il tournait la tête, elle se soulevait au vent, exposant son visage à la neige qui tombait et à celle, plus violente, projetée par El Toro devant lui. Aussi restait-il penché derrière le court pare-brise de sa moto-neige. Ses yeux clignaient constamment, tandis qu'il s'appliquait à suivre le trajet étroit et sinueux entre les arbres. Heureusement, Moteur avait adopté une allure que l'on aurait presque pu qualifier de raisonnable, et c'est sans trop d'effort que Denis le gardait dans sa mire.

La chute de neige s'intensifiait. Détail peu rassurant, il faisait de plus en plus sombre, presque aussi sombre que quand Denis s'était réveillé au petit matin. Il en tomberait certainement pas mal. *Tant mieux pour les traces, mais faudrait quand même pas exagérer.*

Le trajet jusqu'au chalet de l'oncle Eugène était trop flou dans sa tête pour qu'il pût en esquisser le plan, mais Denis avait au fond de lui la certitude de pouvoir retrouver son chemin à mesure qu'il avancerait. Il n'était pas venu depuis... voyons voir... il avait maintenant quinze ans et... Zut, il ne se souvenait plus. Quoi qu'il en soit, il y était si souvent allé dans son enfance que le paysage défilait sans effort dans son esprit. Et le chalet lui-même! Il conservait d'excellents souvenirs de ce tas de planches recouvertes de papier noir. Pas de choses précises, curieusement; c'était plutôt une impression d'ensemble. Le chalet était un endroit où il avait fait bon aller, et où il *ferait* bon aller.

Pour l'instant, Moteur ouvrait la marche mais, sur le grand sentier qui suivait les lignes à haute tension d'Hydro-Québec, Denis prendrait les devants. Lui seul saurait où quitter la piste, quel sentier emprunter et dans quelle direction le faire. À quelle vitesse, aussi, car Moteur avait tendance à s'envoler sur les belles pistes.

D'ailleurs, au beau milieu d'une forte pente, son compagnon accéléra brusquement, et Denis dut se pencher davantage derrière le pare-brise pour éviter le puissant jet de neige qui fouetta son capot.

Une petite crise, comme ça. Ça lui prenait souvent, cette envie de vitesse. Quel drôle de gars, ce Moteur. L'éternel bricoleur, mécanicien à son compte — et sous la table.

Le chemin se fit bosselé, et ses bordures plus élevées le firent paraître plus étroit encore. De grosses branches de sapin chargées de neige pendaient çà et là au-dessus des motoneigistes, les obligeant parfois à incliner la tête. C'est ça, la vraie vie, se dit Denis. On fait ce qu'on veut, on n'a de comptes à rendre à personne. On part à l'aventure. On s'amuse ferme.

Moteur ralentit et attrapa au passage une lourde branche dans sa main, qu'il étira sur quelques mètres. Quand il la relâcha, la branche reprit vivement sa place, juste au moment où Denis passait dessous. Toute la neige sur cette partie du sapin lui tomba dessus.

Oui, tout à l'heure, c'est Denis qui serait devant. En attendant, il serra les dents. Il tenta d'aller tamponner l'arrière de Moteur, mais celui-ci avait vu la manœuvre et libéré d'un coup la puissance de El Toro, qui bondit hors de sa portée. Patience.

L'important, c'est d'arriver, pas vrai mon oncle?

Moteur tenta à plusieurs reprises le coup de la branche de sapin, mais Denis savait maintenant accélérer ou freiner au bon moment. Il prenait quand même bonne note de tous ces petits coups comiques, avec l'intention d'en préparer lui-même de plus comiques encore à l'intention de son compagnon. Au chalet, peut-être.

Déjà, il lui tardait d'arriver.

* * *

C'est en parvenant aux abords de la grande piste balisée, une fois émergé d'entre les arbres, que Denis prit pleinement conscience à quel point il neigeait.

Les énormes lignes à haute tension fendaient la forêt en deux, formant une zone vierge large d'une bonne centaine de mètres, constellée de pylônes titanesques de loin en loin.

Pour l'instant, les pylônes n'étaient plus que des fantômes squelettiques dans un océan de blanc. Au-delà de la deuxième rangée d'entre eux, Denis ne distinguait plus rien. Moteur, qui s'était immobilisé au bord de la piste, lui jeta un regard plutôt amusé, puis haussa les épaules avant de lui faire signe de passer en premier.

Denis embrassa du regard toute cette neige qui tombait, puis baissa la tête, regarda sa motoneige, son guidon, son tableau de bord — tiens, 1200 kilomètres tout juste à l'odomètre —, la manette d'accélérateur. Il fit franchir en douceur à son engin le petit rebord qui longeait la piste, puis partit en trombe, direction nord-est.

Ils en avaient pour un bon bout à rouler sur la piste. Quelle distance, au fait? Denis n'avait aucune idée de la longueur exacte du trajet. Il ne l'avait jamais fait en conduisant lui-même, encore bien moins via les pistes de motoneige. Tout ce qu'il savait, c'est qu'à un moment, il devait tourner à gauche pour prendre ce qui, en été, était le chemin de terre qu'empruntaient les voitures. Mais où était-ce au juste? Il reconnaîtrait sans doute les lieux. Si seulement il les voyait, avec toute cette neige.

Denis dut d'ailleurs adopter une allure plus prudente. La poudrerie était si dense, les flocons qui la composaient si gros, que c'était comme se faufiler entre d'interminables rideaux blancs. Même à quarante à l'heure, il était crispé sur le guidon, incertain du tracé devant lui. D'un autre côté, s'il ralentissait trop, adoptait une allure exagérément pépère, il entendrait vite rugir El Toro tout contre ses fesses. Denis choisit néanmoins de décélérer légèrement, comme si de rien n'était (hypocritement, s'avoua-t-il).

Le vent était déchaîné. Il poussait des serpents de neige qui rampaient à toute allure en travers de la piste. Au gré des rafales, il arrivait que tout disparaisse pendant quelques secondes. Denis raidissait alors ses bras sur les poignées, comme un aveugle redoutant un choc.

Déjà, des petits bancs de neige empiétaient sur son chemin. Déjà? La raison en était simple: depuis tout à l'heure, ils roulaient à la rencontre de la tempête. Ou mieux, c'était la tempête qui courait vers eux. Combien de temps, encore, avant de devoir quitter cette piste? Denis consulta l'odomètre. Tout ce temps, tous ces efforts de concentration pour quatre malheureux kilomètres! Était-il proche? Déjà passé? Il se mordit les lèvres. Non. C'était plus loin que ça.

Seize virgule deux kilomètres.

Mais oui, bien sûr, cela lui revenait soudain. Seize kilomètres. Sans doute qu'il l'avait déjà demandé à son père, à un moment ou à un autre. Peut-être quand il était tout jeune et qu'en famille ils se rendaient au chalet, en voiture ou en motoneige. Il revit oncle Eugène qui l'appelait à lui, avec un cadeau caché dans son dos. Heureuse faculté que la mémoire, qui parfois vous revient en plein au bon moment. Drôle d'idée toutefois qu'elle lui montre cette scène comme s'il se trouvait *derrière* oncle Eugène. Sans doute pour lui rappeler l'idée de tous ces cadeaux, des babioles dont il ne gardait aucun souvenir.

Le mur de neige se superposa au dos d'oncle Eugène. Denis eut un court moment d'angoisse à l'idée d'avoir quitté la piste sans s'en apercevoir, jusqu'à ce que son ski droit heurte le rebord. Ouf, toujours en piste. Le vent ne cessait de secouer sa fichue visière brisée, qui voletait devant ses yeux, comme s'il n'était pas déjà assez difficile de voir la route. D'un geste brusque, Denis la saisit par un coin, brisa l'autre penture, et projeta la visière dans la neige. D'abondants flocons mitraillèrent son visage. Il plissa les yeux.

La meilleure chose à faire aurait été de laisser passer Moteur devant, lui qui aimait se promener en pleine tempête et qui était pour ainsi dire né sur une motoneige. Mais comment Moteur aurait-il su où quitter la piste?

Seize virgule deux kilomètres.

Denis jeta un coup d'œil à l'odomètre. Mille deux cent sept kilomètres.

Non, c'est lui qui resterait devant.

* * *

Son mal de cou était revenu.

Parce que depuis une demi-heure, son corps au complet était tendu vers l'avant, et ses mains refermées sur les poignées comme les serres d'un vautour. La tempête gagnait en intensité et la température baissait rapidement. Denis souffrait de la morsure du froid sur son visage, par-delà toute cette neige qui le criblait. Quand finalement il déplisserait les paupières, sa peau gelée se fendrait-elle comme de l'écorce de bouleau?

Voilà.

À travers la poudrerie, il discerna une autre piste qui croisait la principale. Puis la silhouette d'un sapin gigantesque qui dansait dans la tempête. Il fut convaincu que c'était ici. Il actionna la manette de frein à quelques reprises pour alerter Moteur, puis immobilisa sa motoneige au croisement. Il attendit que son compagnon se range à son côté.

Denis ne sentait plus son visage, que le froid recouvrait comme un masque rigide. Moteur, lui, respirait le bonheur derrière la visière de son casque.

— Tu peux passer devant, articulèrent péniblement les lèvres engourdies de Denis, mais sa voix se perdit dans la bourrasque.

Il consulta l'odomètre, puis s'approcha de son compagnon.

— Six kilomètres par là, reprit-il en désignant le nord. Après, tu me laisses passer pour le dernier bout.

Pour toute réponse, Moteur lui balança une poignée de neige folle au visage, et partit comme une balle. El Toro bondit par-dessus le rebord plus haut de la nouvelle piste, retomba en douceur avant de disparaître dans la poudrerie. Quand Denis s'élança à sa suite, ce fut pour se rendre compte aussitôt que Moteur avait bifurqué : sa trace quittait la route et s'enfonçait entre les arbres. Mais qu'est-ce qu'il fabriquait? Comme s'ils avaient eu le temps de s'amuser! D'un mouvement rageur, il fit tourner sa motoneige et grimpa sur le rebord, d'où il vit El Toro qui traçait des ronds un peu plus loin, en soulevant des tourbillons de neige.

Denis lui fit signe de revenir tout de suite vers le chemin. Assez rigolé! Moteur riposta par un pied-de-nez, puis s'enfuit vers une espèce de clairière qui se dessinait à travers les bourrasques, une zone apparemment plate et dégagée.

Perte de temps.

Il allait devoir le rattraper. Comme il allait démarrer, une image se forma dans sa tête. Zone plate et dégagée, longue mais étroite...

Une rivière!

Moteur roulait droit sur la rivière — car il ne subsistait aucun doute dans l'esprit de Denis malgré la mauvaise visibilité —, qu'il prenait peut-être pour une clairière. Denis ne pouvait plus rien faire. Cloué sur place, il regarda filer son compagnon en priant pour que la glace supporte le poids d'El Toro.

Alors que la silhouette de Moteur s'effaçait progressivement dans la tempête, sa monture s'arrêta net, en une seconde. Denis vit son compagnon s'envoler par-dessus son guidon, puis disparaître complètement. Dans le sol.

La glace avait cédé.

· 3 ·

Denis mit d'interminables secondes à se rendre près du trou dans la glace, large d'une dizaine de mètres, mais coupé en son centre par une épaisse bande de glace demeurée intacte. Moteur avait filé un bout sur l'eau, mais l'avant de sa motoneige avait percuté violemment la bande de glace.

Il repéra son compagnon, qui avait plongé de l'autre côté et tentait désespérément de s'agripper à la glace. Denis contourna le trou à toute allure, puis arrêta son engin à une distance prudente du bord de l'eau. Il souleva le capot, prit dans la trousse à outils la petite hache et un gros tournevis, puis courut vers l'eau. C'est à quatre pattes toutefois qu'il parcourut les derniers mètres.

Moteur avait pu enlever son casque — ou alors le choc le lui avait arraché. Dès qu'il vit l'expression sur son visage, Denis sut qu'il ne l'oublierait jamais. Le moindre trait de son compagnon était tordu et le tout composait un faciès de cauchemar, percé par deux yeux qui semblaient prêts à jaillir de leurs orbites. Son habit gorgé d'eau glacée devait peser des tonnes, tandis que ses muscles, envahis par le froid, avaient perdu toute vigueur. Moteur se sentait couler.

Il n'a aucune chance. Il est cuit.

Denis ficha solidement son tournevis dans la glace, à moins d'un mètre de l'eau, face à Moteur dont la peau avait rapidement pâli. Il planta la hache un peu plus loin, l'agrippa fermement de la main droite, s'étendit sur la glace.

— Es-tu capable de pogner ma jambe? cria-t-il à son compagnon.

Sa voix s'était probablement perdue dans les hurlements du vent et le bruit de la rivière, mais le geste avait suffi. Moteur, relâchant son emprise sur le rebord de glace, tendit un bras vers la jambe de Denis, qui sentit une faible poigne se refermer sur son pantalon.

Rapidement, il se rendit à l'évidence: Moteur n'aurait jamais la force de se hisser lui-même hors de l'eau.

Tu ne vas pas mettre ta propre vie en danger, tout de même!

Denis chassa cette vilaine pensée de son esprit. Il abandonna le manche de la hache pour s'approcher davantage de l'eau. Enserrant d'une main le tournevis fiché dans la glace, il étira son bras gauche vers Moteur et le saisit par un poignet. Puis il tira de toutes ses forces, sortit partiellement son compagnon des flots glacés. Celui-ci voulut se traîner sur la glace mais ses bras se dérobèrent brusquement sous lui. Denis tira encore, puis se déplaça, sans relâcher sa traction. Il réussit à appuyer son pied gauche sur le tournevis et put hisser son compagnon avec plus de force. Enfin, il put rejoindre le manche de la hache avec son autre main, et cette fois, il arracha Moteur au froid délétère de la rivière.

Ils demeurèrent couchés sur la glace, Denis haletant après l'effort, Moteur étendu sur le côté, agité de tremblements, pendant que son habit se vidait peu à peu de son eau glacée. Son regard était fixe, et sa peau aussi pâle que le blanc de ses yeux.

Quant à El Toro, il achevait de faire des bulles dans la rivière, à l'endroit de l'impact. Seule l'extrémité de son capot émergeait encore de l'eau, un de ses skis coincé dans l'épaisseur de glace.

— Moteur! Ça va? cria Denis en se mettant à quatre pattes, pendant que la tempête les criblait de neige.

Pas de réponse. Sur le visage de son compagnon, il n'y avait plus d'expression. Ou plutôt...

Son esprit en ce moment est fermé à tout le reste de l'univers. Il n'y a que lui, et la souffrance. La question était inutile.

Ils ne pouvaient pas rester là. Denis prit une profonde inspiration et se leva, après quoi il traîna tant bien que mal son compagnon jusqu'à sa motoneige. Que faire, maintenant? Rebrousser chemin, pour trouver de la chaleur au plus vite?

Le chalet d'oncle Eugène est plus proche que toute autre source possible de chaleur.

L'habit détrempé de Moteur pesait effectivement très lourd; cela faisait bien le poids de deux hommes à tirer et Denis n'avait rien d'un cheval de trait. Valait-il mieux lui enlever sa combinaison? Les chances que Moteur s'en tire étaient-elles meilleures à l'intérieur d'un cocon mouillé par moins vingt degrés, ou en chemise dans la fureur de la tempête?

Il installa son compagnon sur le siège, bien appuyé contre le porte-bagage. Moteur gisait sur le siège bien plus qu'il ne s'y tenait, et risquait donc à tout moment de tomber de la motoneige en mouvement. Quelques bandes élastiques, prises dans le coffre sous le capot, firent office de ceintures de sécurité. Ficelé aux bagages, Moteur tiendrait bon. Satisfait, Denis lança le moteur en tirant d'un coup sec sur la corde, puis partit en direction des arbres.

Il suivit ses propres traces. Ce serait plus prudent de reprendre le chemin exactement là où il l'avait quitté. En contournant le trou dans la glace par le rivage — dont il fallait deviner l'emplacement exact —, Denis ne put empêcher son regard de se porter vers les fantômes des arbres qui dansaient dans la tempête. De l'autre côté, le blizzard achevait de combler ses traces de tout à l'heure. Il risquait de les perdre. De nouveau, il regarda vers les arbres.

C'est plus court par là.

Il propulsa son engin en haut d'une butte, où commençaient les arbres, puis s'engagea entre les deux premiers, louvoyant dans un demi-mètre de neige folle.

Les motoneiges familiales sont grosses. Elles sont puissantes, spacieuses et dévorent les belles pistes sans effort. Mais dans une bonne épaisseur de neige, avec plein d'arbres à contourner et beaucoup de poids mort à transporter, Denis avait plutôt l'impression d'enfiler un paquebot dans une succession de rivières. Au moindre obstacle, il devait déplacer tout son poids d'un côté, au-dessus du vide, pour faiblement dévier la course de son lourd engin. Même en terrain couvert, la neige tombait abondamment. La visibilité y était néanmoins meilleure, car les arbres amortissaient le vent, qui ne profitait plus que de quelques éclaircies pour venir fouetter le visage de Denis.

Comme il contournait, en déséquilibre, un arbre, l'un de ses skis frappa une bosse, et cette fois Denis eut beau pencher, pencher encore son corps vers la gauche, il ne put empêcher son véhicule de verser sur le côté.

Il roula dans la neige et se releva aussitôt. La motoneige s'était arrêtée quelques mètres plus loin, pas de problème de ce côté.

Moteur gisait sur le ventre, un bras ramené derrière son dos, son visage profondément enfoui dans la neige. Denis se rendit à lui en une succession de bonds, enfoncé jusqu'à mi-cuisse, et le tourna sur le dos. Les yeux de son compagnon étaient grands et luisants, tournés vers Denis sans qu'il soit sûr d'être réellement vu. Soudain, Moteur cligna des paupières. Il voulut parler mais seul un râle franchit ses lèvres bleues et frémissantes.

Il te retarde.

Jamais Denis ne se serait cru capable d'un tel exploit, mais il se pencha tout à coup et souleva Moteur, avant de le charger sur son épaule. En un seul mouvement. Sans même réfléchir. Voilà que son pouls fouettait ses tempes, qu'une chaleur parcourait ses muscles. Il porta son compagnon, en levant bien haut la jambe à chaque pas, jusqu'à sa motoneige, qu'il dut d'abord remettre sur ses deux skis. Le chargement avait tenu bon, mais les élastiques qui devaient maintenir Moteur en place avaient cédé — Denis trouva l'un des crochets toujours fixé au porte-bagage.

Le seul moyen pour eux de se rendre quelque part était que Denis place son compagnon entre lui-même et le guidon, de façon à ce que ses bras soutiennent Moteur en tout temps.

Quant à soulever le corps mou et frissonnant une deuxième fois, rien à faire. Moteur était trop lourd, ou Denis trop épuisé. Il le traîna dans la neige, puis le hissa péniblement sur le siège.

En appuyant sur l'accélérateur, il sentit s'enliser l'arrière de son engin. Il n'avait pas avancé d'un millimètre! Un cri de désespoir franchit ses lèvres, directement dans l'oreille de Moteur qu'il maintenait devant lui — et qui n'eut pas le moindre sursaut.

Il serra les dents. Ce chalet, il y parviendrait! Ce maudit trou dans la neige, il en sortirait!

Denis mit pied à terre et s'arc-bouta contre le guidon. De la poitrine, il poussa Moteur jusqu'à ce que son corps mou s'affaisse sur le tableau de bord. Puis doucement, oh ce n'était vraiment qu'une caresse du pouce, il toucha la manette d'accélérateur. La chenille glissa légèrement sur la neige. Des bras, des épaules, de tout son corps, Denis poussa. Ses jambes, progressivement, se détendirent, se redressèrent. Pendant cinq interminables enjambées il répéta la manœuvre, jusqu'à ce que la chenille morde enfin dans quelque chose de dur. La motoneige commença à avancer d'elle-même. Denis appuya davantage sur l'accélérateur. Il courait maintenant à côté de l'engin plus qu'il ne le poussait, peinant dans la neige folle, à bout de souffle. Il ne fallait pas relâcher l'accélérateur: jamais il n'aurait la force de recommencer.

Il perdit pied mais réussit à se cramponner au guidon. Ses jambes traînèrent dans la neige sur plusieurs mètres, pendant que son engin tanguait dangereusement d'un côté à l'autre. Attention aux arbres! Le corps de Moteur glissa vers la gauche, puis tomba carrément sur Denis. Ses mains faillirent s'ouvrir, mais un éclair se fit dans sa tête et il trouva l'énergie nécessaire pour resserrer sa poigne. Maintenant que la motoneige avait pris son élan, il put relâcher quelque peu l'accélérateur et se hisser lentement sur le siège, en repoussant son compagnon.

Il adopta une vitesse suffisante pour flotter sur la neige, après quoi il put pratiquement diriger son engin comme une moto, en déplaçant son poids d'un côté ou de l'autre. Comment avait-il pu hisser son propre poids plus celui de Moteur? Les nerfs? L'adrénaline?

La combinaison de Moteur était devenue une véritable coquille de glace qui se craquelait quand, au hasard d'une bosse, leurs deux corps s'entrechoquaient. Denis tenta d'imaginer comment son compagnon pouvait se sentir. Il en fut incapable. Une chose était sûre : cela devait être horrible. Il n'avait qu'à regarder, en étirant le cou, les lèvres violacées de son compagnon, ou son regard vide et immobile, pour s'en convaincre. Au moins, celui-ci tremblait; son corps possédait toujours assez de force pour essayer de se réchauffer. Pour combien de temps?

Moteur, affaissé dans le creux du guidon, gênait peut-être un peu la conduite mais au moins, Denis ne sentait plus son poids sur ses bras épuisés. Il n'avait qu'à diriger son engin, à se concentrer, à chercher sans relâche un point de repère. Au hasard d'une bosse, il nota que la neige soufflée par la tempête mettait beaucoup de temps à fondre sur le visage de Moteur. Même qu'elle s'accumulait sur sa tête.

Une bourrasque fouetta ses yeux, l'obligeant à ralentir. Au même moment, les arbres disparurent et l'avant de sa motoneige plongea d'un mètre. Sous le choc, Denis écrasa son compagnon contre le guidon. Il avait heureusement enlevé son pouce de la manette d'accélérateur juste avant l'impact et s'en félicita en silence. Puis il sourit, car il venait de se rendre compte qu'il était tombé en plein dans le chemin espéré.

Devant lui, toutefois, il n'y avait que le mur blanc et mouvant de la tempête. Une nouvelle bourrasque gifla son visage.

En route.

* * *

Denis est tout petit, car il doit lever la tête pour regarder sa mère, qui sourit. D'une délicate poussée dans le dos, elle l'envoie vers quelqu'un. Comme il va se tourner vers l'autre personne, il éprouve un déséquilibre et a l'impression que la pièce se déplace autour de lui. Après quelques battements de paupières, il *se* voit tout à coup lui-même de loin, tout jeune, avançant timidement, son visage légèrement empourpré. Un dos se glisse aussitôt dans son champ de vision. C'est l'oncle Eugène, qui appelle le petit Denis en lui cachant un beau cadeau derrière son dos. Un intense sentiment de bonheur se lit sur le petit visage. Oncle Eugène est bon. C'est un gentil vieillard...

Quel âge avait-il donc?

Battements de paupières, retour à la tempête. Regard à la ronde, le mur blanc. L'air était comme un gigantesque banc de neige en mouvement. Tout n'y était que tourbillon, et les arbres que Denis distinguait oscillaient sur leur tronc, battaient l'air de leurs branches dans une grande danse d'épouvante. De violentes bourrasques cherchaient à s'infiltrer dans son casque sans visière, repoussant chaque fois sa tête vers l'arrière.

Denis n'avait guère à se préoccuper de Moteur, dont la tête reposait toujours au creux du guidon. Toute son attention aurait donc dû se porter sur la conduite, mais voilà qu'il venait de rêver éveillé! Une seconde, deux peut-être. Cela aurait amplement suffi pour lui faire rater un de ces virages qu'il apercevait toujours à la dernière seconde.

Coup d'œil au tableau de bord. Moins de trente kilomètres-heure. Trop lent. Regard vers l'avant, où le chemin disparaissait à quelques mètres de la pointe de ses skis. Trop vite? Il n'y avait presque plus de rebord à la piste, à peine une petite butte de neige. Un repère de moins pour se guider. Les silhouettes menaçantes des arbres en bordure du chemin, aux branches parfois évitées de justesse, l'aidaient à corriger sa trajectoire.

Il y en avait soudain partout, de ces arbres. Denis stoppa son engin, puis constata que la neige se faisait plus épaisse par ici. Ce n'était plus le chemin, et il dut se rendre à l'évidence: il serpentait depuis un moment déjà entre les arbres, sans direction précise. Au prix d'un élancement dans le cou, il constata que la poudrerie effaçait sa trace en quelques secondes.

Ne pas perdre de temps!

D'un pouce rageur, il enfonça l'accélérateur. La motoneige fendit le voile blanc de la tempête, en louvoyant d'abord, puis de façon tout à fait stable. Ses yeux ne cillaient plus. Ils étaient braqués au-devant, et connectés directement aux nerfs de ses bras. Dès qu'un arbre apparaissait dans son champ de vision, Denis déviait sa course. En deux occasions, il se demanda si *vraiment* il avait tourné le guidon *avant* de voir l'obstacle.

Moteur ne s'en tirerait jamais, pensa Denis en observant le visage livide de son compagnon. À cause de cette tempête de malheur, il allait crever de froid. Péter au frette.

Ceux qui prétendent que l'enfer est rouge n'ont pas connu la vraie tempête.

Une chose était déjà établie dans son esprit: jamais Denis n'oublierait cette fugue. Exactement comme il se l'était promis au début, quand il avait commencé à élaborer son projet. Mais pas de la façon dont il l'aurait souhaité.

Pour autant qu'il s'en souvînt, cette idée lui était venue en deux parties. S'enfuir de la maison, d'abord, où on ne cherchait qu'à le couver comme un poussin. Où il ne pouvait poser le moindre geste sans qu'on lui en demande la raison. Bref, où il était impossible de faire ce qu'il voulait. Et les gens disent qu'on habite un pays libre! Le premier à avoir dit ça n'était sûrement pas un adolescent de quinze ans...

Quoi qu'il en soit, cette fugue lui avait longtemps trotté dans la tête. Un longue fugue. Assez pour prouver à ses parents qu'il était tout à fait capable de se débrouiller seul, qu'il était inutile de surveiller chacun de ses agissements. Assez, certainement, pour les faire chier un brin.

Il grimpa au sommet d'un monticule, puis se retrouva au milieu de ce qui avait tout l'air d'un petit sentier. Denis freina. Enfin. Un immense soupir de soulagement franchit ses lèvres, soufflant un peu de la neige accumulée sur la tête de Moteur. Il tourna son guidon vers la droite.

Non. C'est tout droit.

Tout droit, c'était se condamner à serpenter entre les arbres, à s'enliser partout, à ramasser Moteur à tout bout de champ. Tout droit, c'était aussi risquer de n'aboutir nulle part.

C'est cependant la direction qu'il choisit. Denis posa le geste le plus absurde de sa vie: il piqua à travers les arbres au lieu de suivre une piste, intimement convaincu que c'était la chose à faire. Il s'inquiéta d'avoir des idées pareilles, et surtout d'y obéir, mais rien n'aurait pu l'arrêter en ce moment. Et c'était ça qui lui tordait maintenant l'estomac. L'épuisement, le stress pouvaient-ils produire ce genre de conflit intérieur?

Denis préféra se dire qu'il était simplement obsédé par cette expédition depuis trop longtemps. Ah! comme il l'avait souhaitée!

Le déclic s'était vraiment fait dans sa tête... c'était difficile à dire. À l'été? À l'automne? Oui, probablement à l'automne. Sans doute au moment où son père avait décidé d'enfermer Denis après avoir appris qu'il avait négligé de se présenter à certains cours, à la polyvalente. Ou alors voici deux semaines, quand il lui avait de nouveau interdit de sortir suite à la réception d'un bulletin scolaire moins reluisant que prévu.

C'était apparu comme une photo dans sa tête, voilà tout. Un souvenir subit, une chose à laquelle il n'avait jamais pensé. Le chalet d'oncle Eugène était là, ultime havre de paix, le grand paradis de la liberté. Et pas de danger de s'y faire pincer. Isolé au milieu de la forêt, loin de tout, le chalet était abandonné depuis le décès d'oncle Eugène, c'est-à-dire depuis... depuis...

Une autre image s'imposa à son esprit, brisant sa concentration. Il voyait sa motoneige au clair de lune, l'arrière enfoncé dans un ruisseau, la chenille remplie de sloche, et les skis à mi-chemin de ce qui, en été, serait la terre ferme. Une grimace déforma son visage. Cela s'était produit au printemps dernier. Il chassa l'image, qui l'empêchait de penser.

Voilà que les choses s'embrouillaient de nouveau dans sa tête. C'est ça, il n'en pouvait plus, il était en train de capoter, de perdre les pédales. Quand donc oncle Eugène était-il mort? Pas la moindre idée!

Un violent coup de vent lui fit fermer les yeux, et il ne les rouvrit qu'en sentant la motoneige pencher à gauche dans la neige folle. Denis rectifia sa course un peu brusquement. Le corps de Moteur glissa mollement contre son bras gauche, l'obligeant à s'arc-bouter sur le guidon pour ensuite replacer son compagnon en le poussant de la poitrine.

Son oncle avait-il quitté ce monde l'an passé? Pas moyen de se rappeler. La vie est cruelle, mais la mort l'est encore bien plus. Votre souvenir s'efface aussi vite que votre corps dans la terre.

Pourtant le petit Denis s'en souvenait, de l'oncle Eugène. Et le petit Denis était toujours à l'intérieur du grand. Oui, il courait, timidement d'abord, puis avec enthousiasme vers l'homme que le grand Denis voyait de dos, qui dissimulait un beau cadeau tout en appelant le petit de son autre main. Mais le grand Denis ne voyait jamais les traits de son oncle bien-aimé. Cela le frustra.

Il se calma aussitôt. Pourquoi gaspiller tant d'énergie? Il se sentait si faible, étourdi, il avait tellement faim... De secouer la tête ne fit qu'empirer le malaise. Denis s'était complètement vidé tout à l'heure, en hissant à la force de ses bras les quelques cent trente kilos qu'ils totalisaient, lui et Moteur ensemble. Cela semblait impossible à accomplir, c'était un truc à la Schwarzenegger. Pendant ces longues secondes, Denis avait eu l'impression d'être branché sur le 220 volts. Il aurait pu soulever n'importe quoi. C'était comme ces histoires du gars qui, pris de panique, soulève une voiture pour libérer quelqu'un pris en dessous.

Son regard croisa l'odomètre, dont l'image dansa devant ses yeux. Une fraction de seconde, il n'y avait vu que des zéros. Puis les chiffres étaient revenus.

Une forme sombre se dessina sur l'écran blanc de la tempête.

Une petite construction avec un toit en pente, presque enfouie sous la neige.

Une image jaillie de son passé.

Le chalet de l'oncle Eugène.

· 4 ·

Denis s'arrêta à quelques mètres du chalet. Il sauta dans la neige folle et se rendit à la porte, appuya sur la clenche, poussa de l'épaule le battant. À sa grande surprise, la porte s'ouvrit facilement, avec un affreux grincement de bois gelé.

L'intérieur était sombre et silencieux, comme si la tempête avait refusé d'entrer en ces lieux. Malgré le vent et le froid, une odeur de renfermé lui fit plisser les narines: l'odeur de l'abandon le plus total. Denis rectifia ses souvenirs; cela faisait certainement plus qu'un an ou deux qu'il n'était venu ici.

La pièce principale, en forme de L, occupait la majeure partie du chalet, l'autre pièce étant apparemment une chambre. Une lampe à huile accrochée au mur devait donner un semblant de clarté aux lieux une fois allumée. Le long comptoir qui partait de la porte se terminait contre une énorme cuisinière toute chromée. À l'une des extrémités du L, se dressait sur quatre maigres pattes exactement ce dont

Denis avait le plus besoin en ce moment: un poêle à bois — une truie, fabriquée à partir d'un vieux réservoir de quarante-cinq gallons.

Il lança son casque sur le comptoir et retourna chercher Moteur, toujours affalé au creux du guidon de la motoneige. Sans effort, Denis souleva de nouveau son compagnon. Il éprouvait la même sensation de fébrilité que tout à l'heure; elle tendait chacun de ses muscles et le plongeait dans un inexplicable état d'excitation.

Le chalet! Le chalet! Denis rentra son compagnon et l'installa sur un banc de bois grossier, comme taillé à la hache, juste devant le poêle. Il bondit ensuite jusqu'à la porte, qu'il referma d'un bon coup d'épaule.

Tout était là, papier, brindilles, allumettes, pour démarrer un bon feu. Denis entassa le tout dans le poêle, puis se félicita d'avoir eu l'idée d'emporter un briquet, car l'humidité avait rendu les allumettes inutilisables.

En un rien de temps, le feu ronflait, attisé par le vent qui s'engouffrait dans la cheminée. Denis déposa quelques bûches sur le brasier et bientôt, la truie irradia une chaleur bienfaisante. Le moment était venu de déshabiller Moteur pour exposer son corps à l'air ambiant. Son compagnon fixait le feu, affalé sur le banc, ses membres gelés ne lui obéissant plus. Une croûte de glace durcissait son habit, dont l'intérieur imbibé d'eau devait peser aussi lourd que Moteur lui-même. Denis entreprit de le libérer de son cocon.

Sa peau était livide, vaguement teintée de bleu. Il fallait faire circuler son sang! Le gifler? Non, le whisky! Denis sortit de nouveau dans la tempête pour détacher deux lourds sacs sur la motoneige. Plus loin dans la clairière, une lueur verte émergeait du blizzard. Les yeux plissés sous les assauts du vent et de la neige, il tenta un instant d'en identifier la source, puis abandonna. Il reviendrait voir le lendemain.

De retour à l'intérieur, il balança le premier paquet, qui contenait notamment son sac de couchage, dans la chambre. Dans le second sac, il trouva la bouteille d'alcool, en vida un peu au creux de sa main, et entreprit d'en frictionner la poitrine et les bras de son compagnon. La médecine s'avéra bonne; Moteur, peu à peu, reprit des couleurs. Denis lui fit ensuite boire quelques gorgées de whisky, ce qui déclencha une violente quinte de toux. Il regretta un instant son geste, mais se dit que cela contribuait certainement à réchauffer son compagnon.

Il se releva pour ajouter une bûche d'érable dans la truie et en refermer la porte. Il écouta le vent qui courait sur le toit, puis embrassa du regard l'intérieur du chalet, dont il entreprit une rapide tournée. La chambre contenait des lits de planches superposés qui n'éveillèrent aucun souvenir en lui. Cette pièce n'avait sans doute jamais intéressé le petit Denis, le garçonnet qui venait voir

un cadeau pour moi

l'oncle Eugène. À lui seul, le bureau qui meublait un coin, assemblage de planches noueuses tavelées de vieille peinture, donnait un air misérable à cette pièce. Il sortit de la chambre. À l'autre extrémité du L formé par la pièce principale se trouvaient deux causeuses disparates et usées. Une table basse portait une autre lampe à huile ainsi que quelques cendriers en guise de bibelots. Cette partie du chalet bénéficiait de deux larges fenêtres contre lesquelles, pour l'instant, se ruait la tempête dans la clarté déclinante. Denis mit le feu à la mèche de la lampe.

Un râle de Moteur, qu'il ne pouvait voir car ils se trouvaient chacun à une extrémité du L, fit se serrer son cœur dans sa poitrine. Comment l'aider? C'était grave à quel point, son état?

Chose sûre, une causeuse serait beaucoup plus utile en face de la truie qu'à ce bout-ci du chalet. Denis tira la plus proche jusqu'à son compagnon et, puisant ses dernières forces, installa celui-ci sur les coussins fatigués. Au diable la deuxième causeuse, pensa Denis en s'affalant sur le banc de bois. Lui aussi avait froid. Lui aussi frissonnait. Il mit une nouvelle bûche dans la truie. Il lui faudrait aussi allumer la cuisinière, mais plus tard, par pitié! Tout ce qu'il voulait, c'était se reposer. S'arrêter, enfin.

Il prit conscience qu'il portait toujours son lourd habit de motoneige. Pendant qu'il s'en défaisait, Moteur commença à murmurer, sur un ton bas et absolument inintelligible. Comme il tremblait toujours, Denis lui apporta les couvertures du deuxième lit. Son compagnon leva une main tremblotante, mais pas dans sa direction. Denis finit par comprendre: le gros poêle à deux ponts. Moteur aurait voulu qu'il allume tout de suite la cuisinière.

— Demain, mon vieux, promis. C'est long à allumer, ces poêles-là, et je suis crevé.

Murmure de protestation. Il y tenait vraiment.

— Écoute, je vais te remplir la truie au complet si tu veux, mais viens pas te lamenter après si t'as trop chaud!

Il empila de nouvelles bûches sur le feu, puis alluma la lampe à huile accrochée au mur, face à la truie.

— Si t'as besoin de quelque chose, appelle-moi. Je vais m'étendre un peu dans la chambre. Ça va aller? fit-il en lui tapotant l'épaule.

Moteur répondit par un marmonnement qui pouvait vouloir dire n'importe quoi. Denis serra un moment son épaule, lui adressa un sourire, avant de se diriger vers la chambre.

— Faut... chasser... le frette...

Il se tourna. Moteur avait parlé d'une voix faible, saccadée, et le regardait fixement. Sa bouche béait encore sur sa dernière syllabe.

— Ben oui, on va le chasser, mon vieux. T'en fais pas pour ça. Bonne nuit.

Denis s'étendit sur la couchette du bas, bien enveloppé dans son sac de couchage. Ses yeux s'égarèrent sur le lit au-dessus de lui, comme sur un vaste écran sombre et vide. Se reposer, pouvoir enfin relâcher tous les muscles de son corps, était la plus douce des sensations. Denis, en ce moment, n'aurait pu en imaginer de plus agréable. Pendant de longues secondes, des images de sa journée repassèrent pêle-mêle dans son esprit. Comment tout cela finirait-il? Quel souvenir garderait-il de son aventure? Sûrement une histoire à raconter un jour, en souvenir du bon vieux temps, pour épater les gens. Mais Moteur? Ça irait?

Relaxe. Tu es enfin au chalet de tes rêves.

C'était vrai, après tout. Enfin au chalet! Mais il était à la fois surpris et déçu par ce qu'il avait vu. Au premier contact, en entrant, il avait éprouvé la fugitive impression de se trouver ici pour la première fois de sa vie. Cet endroit l'obsédait depuis des lunes, il le connaissait depuis toujours et, pourtant, Denis devait s'avouer qu'il ne reconnaissait rien, ne se souvenait d'aucun détail. Son seul souvenir, c'était le petit Denis qui avançait, son visage illuminé d'un grand sourire, vers oncle Eugène, vu de dos,

avec un beau cadeau.

Puis les pensées se mélangèrent dans sa tête; Denis ferma les yeux, bercé par les ronflements de la cheminée et les cris de la tempête qui dansait sur le toit. Lentement, il glissa dans le sommeil.

Un profond malaise lui fit ouvrir les yeux. Une chaleur moite imbibait son sac de couchage tandis que la sueur plaquait ses cheveux sur son front. Denis se sentait comme dans une étuve, ou dans un bain-marie dont on élève la pression. La chaleur pesait sur lui comme une enclume, comprimait sa poitrine et entravait sa respiration.

Il est devenu fou!

Denis sortit de la chambre sur ses jambes molles, dont les muscles endoloris n'avaient plus la force de se tendre.

Moteur était assis sur le coin du sofa. Son corps agité de tremblements était penché vers la porte ouverte de la truie, dont la flamme colorait son visage amorphe. Ses yeux hagards ne quittaient pas le brasier, pendant qu'il frottait ses mains l'une contre l'autre tout près de l'ouverture.

— Mais arrête! cria Denis. Tu vois ben qu'on crève!

Il regretta aussitôt de s'être emporté. Son compagnon était malade. Il avait vu la mort de près. S'il se retrouvait dans cet état, c'était en partie de la faute à Denis. C'était *son* expédition, après tout. Il remarqua que le feu n'était pas aussi énorme que la température ambiante le lui avait laissé croire.

— Recouche-toi, dit-il en prenant son compagnon par une épaule. Je vais te donner d'autres couvertures. C'est dangereux, trop chauffer des bricolages-maison comme ça. Le tuyau peut devenir rouge.

Moteur n'opposa qu'une faible résistance.

— Il faut... qu'il fasse chaud, murmura-t-il, articulant à peine. Le frette est ici, en dedans. Tu le vois pas?

La sueur brûlait les yeux de Denis. Il voulut fermer la porte de la truie, mais retint son geste car la poignée devait être chaude, terriblement chaude. Assez pour qu'il y laisse un morceau de peau. C'est à l'aide d'un bout de branche pris sur la corde de bois qu'il poussa, puis enclencha la petite porte de fer. Pourvu que cette restriction d'air suffise à rendre confortable la température du chalet!

Il se tourna vers Moteur, voulut lui dire quelque chose d'encourageant. Mais que dire à quelqu'un qui semble ne plus avoir toute sa tête? Cet être blême et grelottant, au regard perdu

50

dans le vague, n'avait rien à voir avec le Moteur qu'il avait toujours connu. Celui-ci ne portait d'ailleurs aucune attention à Denis, qui décida de retourner se coucher sans plus de cérémonie, emportant avec lui l'une des lampes à huile qu'il posa sur la carcasse du bureau de planches.

En se laissant tomber sur son sac de couchage, Denis tourna la tête vers le coin où brûlait la lampe. Juste devant son visage, il vit la buée que formait sa respiration. Il voulut se redresser. Cela n'avait aucun sens! On crevait de chaleur, ici!

Il demeura plutôt inerte sur le lit, trop fatigué pour se lever une nouvelle fois. Moteur pouvait bien faire ce qu'il voulait; Denis possédait un sac de couchage à toute épreuve — c'était en fait celui de son père, grand chasseur devant l'éternel.

Son compagnon semblait de toute façon bien plus susceptible d'ouvrir la porte de la truie que celle du chalet.

Bah, il ne faisait pas froid, ici. Denis le saurait.

Et pourtant il y avait de la buée chaque fois qu'il expirait. L'idée ridicule d'aller observer Moteur le traversa, une seconde seulement. Écouter était plus facile. Les cris de la tempête, la neige qui gicle sur les murs. Le bruit d'une bûche qu'on lance sur le feu. Le claquement de la porte de fer. Il chauffait encore!

Moteur avait peine à parler, mais trouvait la force de charger le poêle! Cette fois, Denis se dressa sur son lit, prêt à aller lancer une pelletée de neige sur le feu.

Et peut-être une au visage de Moteur, pour le ramener à la raison.

Sortant de la chambre, il se rendit compte qu'un autre bruit émergeait faiblement de la tempête. Il tendit l'oreille. Aucun doute : une motoneige!

On venait!

Il se rua vers une fenêtre et plongea son regard dans la nuit. Seule la neige qui frappait la vitre était visible. Puis, une lumière blême et sautillante apparut, déjà toute proche du chalet, perçant péniblement la fureur de la tempête.

La motoneige, qui roulait lentement, percuta soudain un obstacle et son conducteur tomba dans la neige. Denis mit une seconde à comprendre que l'obstacle était sa propre motoneige — enfin, celle de...

Le nouvel arrivant retourna en bondissant couper le contact de son engin, dont le phare s'éteignit. Denis ne vit plus rien sauf, à l'extrême gauche de son champ de vision, la curieuse lueur verte presque dissimulée par la neige abondante.

Il s'éloigna de la fenêtre. Devait-il sortir à la rencontre de l'étranger? Pas question; il était en quelque sorte chez lui, chez son oncle.

La porte s'ouvrit brusquement et battit contre le comptoir qui longeait le mur.

L'étranger fit un pas dans la pièce, puis se planta face à Denis, mains sur les hanches, invisible derrière la visière de son casque.

— Qu'est-ce que vous faites ici?

La voix était autoritaire, sèche, étouffée par le casque. Mais c'est une autre de ses particularités qui frappa Denis. C'était une voix de femme.

· 5 ·

— Comment ça, «Qu'est-ce que vous faites ici?» se rebiffa Denis. T'es qui, toi?

La fille enleva son casque, libérant une folle chevelure ondulée qui masqua aussitôt une partie de son visage.

— Ici, c'est chez un de mes oncles. Pis je vous connais pas, fit-elle en étirant le cou du côté de Moteur, qui gisait sur la causeuse (Denis n'était même pas sûr que celui-ci les regardait).

Elle n'était pas vraiment belle, mais possédait un regard intense, même dans la chiche lumière des lampes à huile. Un regard perçant qui semblait vouloir dire «Pile-moi pas sur les pieds!» Denis ne pouvait déterminer la couleur de ses yeux. Il aurait fallu qu'elle s'approche de la lumière. Comment l'attirer?

— Pour moi, tu te trompes de chalet: c'est celui de mon oncle Eugène, dit-il.

— Eugène, c'est ça.

Elle semblait surprise. Un bon point pour Denis. Décidément, une fille au chalet, ça pouvait avoir du bon!

— Si t'étais de la famille, reprit-il, je te connaîtrais. T'es pas à la bonne place. Mais viens, tire-toi une bûche quand même, y a un bon feu qui brûle.

— T'es pas mal baveux, ti-gars!

Elle posa d'un geste brusque son casque sur le comptoir. Avait-elle deviné l'astuce? Le problème, quand elles sont plus vieilles, c'est qu'elles vous voient venir de loin.

Pas mal baveuse elle-même, pensa-t-il. Si Eugène avait été son oncle, cela aurait fait d'elle une cousine de Denis. Or, il n'avait jamais vu cette fille de sa vie, c'était certain.

— Mais viens toi-même, je t'invite, continua-t-elle en passant devant lui.

Pas mal baveuse, ou alors il y avait dans la généalogie d'oncle Eugène une branche qu'il ne connaissait pas. À cet âge-là, on a des racines un peu partout, alors pourquoi pas des branches? Quant à la fille, Denis lui donna dans les dix-huit ans.

— Faudrait mettre les choses au point : c'est moi qui t'invite, fit-il en raffermissant sa voix. C'est *mon* oncle Eugène.

Elle se tourna vivement vers lui, du feu dans les yeux.

— As-tu fini de me niaiser avec ça? Veux-tu que je te sorte à coups de manche de hache?

Assis-toi, et profite du feu pendant qu'il fait mauvais dehors, parce qu'après ça, vous allez faire de l'air tous les deux!

Denis serra les poings. Beaux yeux ou pas, elle avait du front tout le tour de la tête. S'imaginait-elle que ses dix-huit ans lui conféraient une quelconque autorité? Un bon coup de pied au derrière...

Il fit deux pas vers elle, puis hésita. La fille n'avait pas bronché. Pendant de longues secondes, il n'y eut plus que les hurlements de la tempête et les crépitements du feu dans le chalet.

Soudain Denis se détendit, ses poings s'ouvrirent, sa colère disparut.

Tout va bien.

Elle aussi avait l'air plus calme, une main négligemment appuyée sur la causeuse. Moteur s'agita, en plus de marmonner quelques mots compris de lui seul.

La fille cligna des yeux, puis tourna la tête.

— Coudon, il est blême, ton copain.

Voilà un changement de ton que Denis accueillit avec plaisir. *C'est normal, tout le monde va bien, car il fait bon être au chalet.*

— Il est tombé dans une rivière en ski-doo. Ça a tout pris pour le sortir de là, pis pour qu'on se rende ici.

Moteur frissonna sous ses couvertures.

— Il va avoir besoin de soins. Regarde-lui l'allure! Lui as-tu donné quelque chose à boire?

— Ben, je lui ai donné une *shot* de whisky, puis je lui ai frotté le corps avec. On chauffe la truie en masse. Demain, je vais allumer l'autre poêle. C'est tout ce que je peux faire.

— Ça lui prend un breuvage chaud! «Une *shot* de whisky»! Tête d'eau! Attends, j'ai de la soupe Lipton pis des Tylenol dans mes affaires. Ça lui nuira sûrement pas. Faut s'occuper de lui. Ce sera pas long, dit-elle en se dirigeant vers la porte.

— Tu prends pas le temps de te réchauffer un peu?

— Demande donc à ton chum si ça presse! Moi, je peux pas dire que j'ai frette. J'aime mieux rentrer mes bagages tout de suite, parce que quand je vais m'asseoir, je bougerai plus pendant deux jours!

Après une profonde inspiration, elle sortit en vitesse. Une rafale de vent traversa le chalet avant que ne se referme la porte, laissant une caresse froide sur le visage de Denis. Cela lui fit du bien. Même que ce n'était pas si froid que ça. Moteur eut une réaction exagérée: il poussa une longue plainte avant de se recroqueviller sur la causeuse.

La fille revint à l'intérieur avec un lourd sac de cuir sur l'épaule. Elle en tira une fiole de Tylenol, du thé, un emballage de soupe Lipton. Denis fouilla dans une armoire et trouva une casserole. Il sortit et la remplit de neige, qu'il fit fondre sur la truie.

— Poulet et nouilles? proposa-t-elle.

— Je pense pas qu'il goûte ben ben...

— Je t'en offre, jeune homme!

— Non, merci.

— Coudon, t'as l'air pas mal jeune pour t'en aller dans le bois, comme ça. C'est vrai que ton chum, lui, on lui donnerait bien soixante ans avec la tête qu'il a.

— Il en a dix-sept. De quoi tu penses que t'aurais l'air, à sa place?

La jeune femme répondit par un sourire. Ils firent avaler trois comprimés à Moteur ainsi qu'une bonne tasse de bouillon. Ils s'installèrent ensuite à l'autre bout du chalet, sur la deuxième causeuse, loin de la chaleur excessive.

— Je peux toujours pas croire qu'on soit cousins sans le savoir, dit la fille en se calant dans un coin.

— C'est vrai que c'est dur à croire. En passant, je m'appelle Denis. Denis Simard.

— Moi, c'est Monique. Mais pas Simard, ajouta-t-elle avec un sourire en coin. Lagacé.

Denis sourit à son tour, mais ne trouva rien d'autre à dire. Un silence gênant s'installa entre eux, pendant lequel leurs yeux se promenèrent dans le chalet.

Les lieux pouvaient presque être qualifiés de décrépits, mais pas tout à fait. Malgré les meubles fatigués et couverts de marques, les vitres sales dont la couche de crasse semblait absorber la lumière des lampes à huile, et les éraflures encavées un peu partout dans le bois du chalet, une impression incongrue de propreté se dégageait de l'ensemble.

— T'as l'air d'un bon gars, en fin de compte. Quand je vous ai vus chez mon oncle, j'ai pensé que vous étiez le genre à venir tripper dans un chalet choisi au hasard, puis à le saccager avant de partir.

— Je ferais jamais ça à mon oncle.

— Coudon, il est comment, ton oncle Eugène?

— Il est... il est...

Denis chercha les bons mots pour décrire son oncle, mais rien de particulier ne lui vint à l'esprit, hormis quelques images confuses du

Petit Denis, qui approche d'oncle Eugène, car il sait qu'il va avoir un beau cadeau. Pardessus l'épaule du vieil homme, Grand Denis peut le voir qui sautille de joie. Il voit aussi une ombre furtive jaillir puis déambuler dans la pièce à la manière d'un chat. Son oncle émet un rire. Le Grand Denis ne peut se déplacer pour voir son visage. L'enfant, lui, le voit, mais Grand Denis ne peut pas voir par les yeux du petit. Il ne sait plus.

Il cligna des yeux. L'espace d'une seconde, il avait totalement oublié sa conversation avec Monique et s'était senti transporté dans cette scène, toujours la même, toujours la seule. Bref, il était parti dans la lune au beau milieu d'un brin de jasette avec une fille qui était loin d'être moche. Il en éprouva une gêne, qui se dissipa lorsque, du coin de l'œil, il vit Monique secouer la tête, comme quelqu'un qui vient d'émerger de ses pensées. Sa bouche béait. Elle la referma. Il s'écoula encore quelques secondes avant que Denis retrouve le fil de la conversation.

— Oncle Eugène... il est vieux et chiffonné, dit-il enfin.

— Le mien aussi est comme ça. C'est vrai que les oncles ont tous un petit quelque chose de vieux et chiffonné.

— Mais c'est un bon gars. Le meilleur bonhomme que tu peux imaginer. Avec lui, j'ai jamais l'impression d'être avec un vieux.

Denis s'aperçut qu'il parlait au présent de son oncle, comme s'il n'était pas mort, comme s'il était toujours là, comme si sa présence imprégnait toujours les lieux.

— Il était, je veux dire.

— Devine quoi: le mien aussi est mort.

— Et personne ne s'est montré intéressé à son chalet?

— C'est à peu près ça.

— Pis là, t'as décidé de venir passer les Fêtes ici?

— Ah... fit-elle en levant les yeux, ça m'a prise comme ça. Un coup de nostalgie pour un souvenir de jeunesse. J'ai pas pu résister à l'envie de revenir ici au moins une dernière fois. Et pourtant...

Elle contempla l'intérieur du chalet. Denis pouvait deviner la signification de ce regard, car il se rappelait avoir fait à peu près la même chose; Monique, en ce moment, cherchait un objet familier.

Ils ne s'étaient quand même pas trompés de chalet tous les deux! Pas Denis, en tout cas. C'était impossible qu'il se soit trompé. Il *savait* qu'il était chez oncle Eugène.

Le chalet, havre de joie et de paix.

Havre d'amour, peut-être, pensa Denis, lorgnant avec insistance le visage de Monique. Il eut l'impression qu'elle savait qu'il la fixait, et qu'elle posait, en quelque sorte.

Une plainte de Moteur brisa ce moment magique. Tous deux se rendirent à l'autre bout, où ronflait la truie. Son compagnon tendait un bras tremblotant vers la corde de bois.

— Il brûle de fièvre, dit Monique, qui avait posé une main sur le front du malade, et recouché celui-ci sur la causeuse. As-tu d'autres couvertures?

— On peut prendre celles de mon lit; j'ai un bon sac de couchage, et...

— La chaleur endort... la chaleur endort, dit faiblement Moteur en agrippant soudain la main de Monique.

— Mais quand il y en a trop, on peut plus dormir, mon pitou, et c'est en plein ce qui t'arrive.

Denis sourit en entendant Moteur se faire appeler «mon pitou». Cela ne lui allait pas du tout, à ce casse-cou, à ce pété. Lui-même, par contre, se voyait très bien se faire appeler «mon pitou». Voilà qui lui aurait fait chaud au cœur, ou quelque chose comme ça, un effet. Et c'était Moteur, le pitou, même pas assez lucide pour éprouver tous les bienfaits de ces quelques mots. Denis souriait, mais sa mâchoire demeura bien serrée.

Monique vit la bouteille de whisky par terre et s'en empara. Denis grimaça à l'idée qu'elle se mît à frictionner Moteur. Elle porta plutôt le goulot à ses propres lèvres (pas même le plus petit tremblement dans la main qui étreignait la poignée), but une gorgée, reposa la bouteille. Tout cela en moins de deux secondes, une scène un brin irréelle, instantanée, presque amusante. Denis s'en trouva soulagé. Au moins, elle n'était pas en train de frotter le corps de Moteur devant ses yeux.

Comme pour aider sa gorgée à passer, Monique secoua la tête, faisant voleter ses longs cheveux. Elle reprit la bouteille et l'approcha du visage blême de son compagnon.

— Tiens, une autre sorte de *painkiller*.

Avant de boire, Moteur désigna la corde de bois.

— Bon, OK, fit Denis en marchant vers la truie. J'en mets une autre, pour te faire plaisir. Mais il fait déjà pas mal chaud dans la place. Toi, tu t'en aperçois pas tout de suite, parce que t'es malade. Ça va moins vite. Quand ça va te frapper qu'il fait trop chaud, viens pas te lamenter.

— Arrête de te moquer de lui. Aimerais-tu ça être à sa place?

Voilà qu'elle prenait Moteur en pitié! Sourcils froncés, un air dur, et tout et tout! Cela atténuait l'ovale de son visage, mais ne la rendait pas moins agréable à regarder.

— Je fais ça pour lui montrer que tout va bien, qu'il faut pas s'inquiéter, qu'il est pas si magané que ça. Hein, Moteur? Dis-lui que c'est juste des jokes!

Son compagnon était dans les vapes, apparemment incapable d'approuver ou de réprouver quoi que ce soit. Il ne portait aucune attention à la fille penchée sur lui. Gaspillage!

Quelques gorgées d'alcool redonnèrent un semblant de couleur à son visage. Moteur toussa à quelques reprises, puis redevint apathique.

— Ce serait peut-être le temps d'allumer le gros poêle, dit Monique.

La pire chose dans la vie, c'est de se retrouver en compagnie d'une personne qui aime commander. Que cette personne fût une fille ajoutait peut-être encore au chatouillement désagréable qu'éprouvait Denis à cet égard. Mais enfin bon, elle avait raison. Le poêle-cuisinière donnerait une chaleur plus confortable, et consommerait plus lentement son chargement de bois.

Ne fait-il pas déjà trop chaud avec un seul poêle qui brûle?

Il faillit protester, remettre ça à demain, mais la simple vue de Moteur suffit à le convaincre d'allumer la cuisinière. Quant à Monique, elle apprendrait bien assez vite qu'il n'aimait pas se faire donner des ordres.

Tout en entassant des brindilles et du papier dans le foyer de la cuisinière, il surveilla du coin de l'œil les allées et venues de la fille. Par méfiance, peut-être un peu, mais surtout, une idée comme ça, pour essayer de deviner les formes cachées sous cet habit. À première vue, elle ne semblait pas s'occuper de lui, mais qui sait si elle ne s'adonnait pas au même manège à l'égard de Denis? Elle fit les cent pas dans le chalet, s'assit sur la deuxième causeuse, se releva brusquement. Elle prit une espèce de cendrier informe sur une tablette et l'examina un long moment, avant de le remettre à sa place, apparemment soucieuse. Quand elle regarda vers lui, Denis détourna prestement les yeux. Il alluma son briquet à la base du petit tas de papier qu'il avait formé.

Monique était retournée sur la causeuse, où elle s'étendit de son mieux. Heureusement, il y avait le sifflement du vent, le giclement de la neige dans les vitres, et le ronflement des poêles. Heureusement, sinon le silence entre Denis et Monique serait vite devenu insupportable. Et pour mettre plus d'ambiance, ils pouvaient compter sur un gémissement de Moteur à toutes les cinq minutes. Si seulement il y avait de la musique! Comment avait-il pu oublier d'apporter de la musique? Quant à Moteur, s'il avait eu une radio dans ses bagages, elle se trouvait maintenant au fond de l'eau.

Denis se rapprocha de son compagnon, mais pas trop. Il voulait garder Monique à l'œil. Comme il s'appuyait au comptoir, ses genoux fléchirent malgré lui. Il n'y avait plus une once d'énergie dans son corps. Allait-il passer la nuit à espionner cette fille, alors qu'il ferait si bon dormir?

Il quitta l'appui du comptoir et se traîna les pieds en direction de la chambre.

Il y eut un coup à la porte.

Elle s'ouvrit brusquement.

Quelqu'un s'écroula sur le seuil.

Une rafale de neige courut jusqu'au fond du chalet. Denis fit un pas vers l'inconnu et le tira à l'intérieur. Au moment de refermer la porte, il vit une autre silhouette émerger de la tempête pour se faufiler dans l'ouverture. Monique se dressa en sursaut sur la causeuse.

L'homme se releva avec peine, enleva son casque, et enserra l'autre personne dans ses bras.

— J'ai cru qu'on se rendrait jamais! Ça va, ma crotte? dit-il en l'aidant à enlever son casque.

«Sa crotte» était une espèce de Barbie toute maquillée, à l'exubérante chevelure blonde, presque blanche.

— Oui, soupira-t-elle. Je vais m'en rappeler, de tes balades dans des lieux sauvages! On aurait pu se perdre dans la tempête! On aurait pu en crever! Ôte-toi de mon chemin!

Elle repoussa son copain (Denis n'était pas sûr de pouvoir utiliser le mot amoureux) et marcha vers la truie, laissant dans son sillage une forte odeur de parfum.

— Vous avez un miroir, ici? lui lança-t-elle.

— Euh... oui, un petit, dans la chambre.

L'étranger eut un haussement d'épaules à l'adresse de Denis. Monique lui adressa un sourire poli.

— On vous a pas entendus arriver, dit Monique.

— Mon ski-doo est complètement enlisé quelque part dans le bois. Je me demande d'ailleurs comment on va faire pour le retrouver.

— On ira voir ça demain, en gang.

— Au fait, dit l'étranger en s'appuyant sur le comptoir, vous connaissiez mononc' Eugène?

· 6 ·

Denis se tourna sur le dos, puis sur le côté. Son plus long soupir de la journée recouvrit un instant le bruit du vent.

Ç'avait été toute une histoire de convaincre l'étranger, un certain Paré, qu'Eugène était son oncle à lui. Monique s'en était mêlée. Même que cela avait failli tourner mal; un peu plus et c'était l'empoignade. Entre Monique et l'étranger. Denis avait à peine pu placer un mot et s'était contenté, avec Barbie, de jouer les pacificateurs. La poupée s'était d'ailleurs cassé un ongle au cours de la manœuvre et, pendant quelques secondes, sa colère avait éclipsé celle des deux autres. Denis ne s'était pas privé de s'interposer entre les belligérants, trop heureux d'éprouver un premier contact physique avec Monique qui, à ce moment, semblait tout à fait capable de battre Paré avec une bûche d'érable. La saison était peut-être froide, mais cette fille-là avait indiscutablement le sang chaud.

Mais non, il ne fait pas froid. On crève.

Heureusement, Denis se trouvait loin de la truie et de la cuisinière, à l'autre bout du L. Le chalet était comme un sauna, un petit cube de chaleur dans un univers de neige et de froid.

Tout à l'heure, en plein milieu de la séance de brasse-camarade, Moteur s'était péniblement relevé et avait mis du bois dans la truie, sans un mot, sans même un regard pour eux.

Allait-il falloir l'attacher pour l'empêcher de chauffer?

Denis chercha une position confortable sur la causeuse qui, au mieux, aurait pu accommoder un nain pour la nuit. Dès qu'il étendait ses jambes par-dessus l'appuie-bras, la douleur sciait ses mollets épuisés. Il ne dormirait jamais comme ça.

Quelle vie de chien! Tout le monde arrive, tout le monde s'installe. C'était son expédition à lui, chez son oncle à lui, or chacun avait un lit acceptable, sauf Denis! Le couple avait pris le lit du bas, puis on avait décidé que Monique prendrait celui du haut. Tu parles! En quoi aurait-ce été moins correct que Denis prenne le deuxième lit? Si Paré et sa poupée décidaient de faire des choses cette nuit, d'y aller d'un concert de soupirs, fallait-il conclure que c'était moins indécent avec une fille couchée au-dessus d'eux au lieu d'un garçon?

Dire que, pendant un moment — bien court il est vrai —, Denis s'était dit que peut-être, avec Moteur dans la brume et les deux lits dans la même chambre, l'occasion aurait pu se présenter d'échanger des phrases plus douces avec cette fille. Fraterniser de près, quoi. Cette minute de douce rêverie avait pris fin sur l'intrusion du mongol et de sa Barbie dans le chalet. Et voilà que Denis en était réduit à coucher sur la paille (car c'était bel et bien un rembourrage de paille qui pointait hors des déchirures dans le tissu). Il chercha dans sa mémoire une image de cette causeuse à l'état neuf mais n'en trouva aucune.

En fait de lit, même Moteur était mieux équipé, puisque Monique avait suggéré qu'on place le banc de bois contre la causeuse où il gisait. Ainsi, il pouvait étendre ses jambes. Tout ce luxe pour rien, puisque de toute façon Moteur ne sentait rien, à part un froid qui n'existait que dans sa tête.

Dans la lueur ténue de la lampe dont il avait abaissé la mèche, Denis souffla vers le plafond et vit la buée qui sortait de sa bouche.

Cela n'avait aucun sens. Y avait-il un thermomètre dans ce chalet?

Mais non, il ne fait pas froid.

Demain. Il verrait demain. Pour l'instant, il était trop épuisé. Il n'aurait plus la force de se lever. Ou peut-être que si, mais alors toute sa volonté serait nécessaire, cela lui demanderait un effort terrible et il n'en était pas question. Si jamais il avait froid, il rabattrait le sac de couchage sur lui.

Fin des émissions. Denis se laissa glisser dans les eaux noires du sommeil.

* * *

Loin de tout, entre deux champs de neige phosphorescents sous la lune, Denis regarde sa motoneige enfoncée pour de bon dans le ruisseau. Il se tourne vers la lune et se plaint de son sort. Puis il se tait, car un bourdonnement dans le ciel a attiré son attention. Il cherche. Il écoute. Quelque chose va se passer... Des voix apparaissent et recouvrent le bourdonnement. Malgré lui, Denis recule, s'éloigne de la scène où sa motoneige est enlisée afin de pouvoir trouver l'origine du bourdonnement. Une clarté grisâtre apparaît et stagne dans les airs, tandis que les champs s'effacent progressivement au profit d'une série de planches de bois. Le plafond. Il cligne des yeux. Les voix continuent de tonner. Denis écarta de nouveau les paupières, puis se dressa sur la causeuse, pas tout à fait réveillé encore.

Il y avait de la chicane à l'autre bout du chalet. Secouant la tête pour replacer ses idées, il marcha jusqu'à l'angle du L où il s'appuya. Tout le monde gesticulait près de la truie. Encore une fois, Monique faisait face à Paré, pendant que Barbie se tenait en retrait.

— Si t'approches encore de lui, c'est toi qui va te retrouver assis sur un banc de neige!

Monique avait parlé sur un ton bas cette fois, les bras croisés sur sa poitrine. Paré sembla s'amuser de la situation, mais son sourire parut forcé à Denis.

— Calme-toi, petite madame, sinon il va falloir que d'autres te calment, répliqua-t-il doucement. Laisse-moi passer, que j'aille dire deux mots à notre grand gelé.

— Non, c'est moi qui vais lui parler. Si t'as le goût de parler, va voir ta blonde!

Apparemment insulté, Paré avança et tenta de la pousser pour passer. Voyant qu'elle résistait, il plaça ses mains sur les hanches de Monique, qui se dégagea d'un coup sec.

— C'est quoi le problème, à matin? s'interposa Denis.

Tous s'étaient tournés vers lui sauf Moteur, étendu, perdu en contemplation devant la truie dont la porte était ouverte, et où il venait apparemment de placer une nouvelle bûche.

— Je voulais juste dire à ton chum qu'il fait assez chaud comme ça. Il arrête pas de chauffer. Il va finir par sacrer le feu dans...

— T'étais prêt à le jeter dehors, oui, chien sale! trancha Monique.

— Toi, va donc jaser avec les femmes!

— Il y en a juste une vraie, ici!

— Eille, ma maudite effrontée! cria Barbie.

— J'ai pas dit que c'était pas toi.

— Bon, c'est ça, jasez, les femmes.

Le sourire était revenu sur les lèvres de Paré. Il se faufila vers Moteur. Monique l'agrippa par un bras. Il la repoussa brusquement. Denis secoua de nouveau la tête, bien réveillé cette fois. Paré méritait une bonne poussée à son tour, et c'est lui qui la lui donnerait. Sans plus réfléchir, il avança.

Tout va bien. Tu es au chalet d'oncle Eugène. N'est-ce pas merveilleux?

Oui, merveilleux, tellement que Denis se demanda pourquoi quelqu'un pourrait s'y trouver de mauvaise humeur. La colère, voilà de la belle énergie gaspillée. Mais eux, bien sûr, ne savaient pas. Voilà bien la preuve que c'était de son oncle Eugène à lui dont il était question. Monique, Barbie, Paré et Moteur n'avaient pas connu la joie de recevoir

un beau cadeau, qu'oncle Eugène cache derrière son dos. Denis le sait, il gambade vers le vieil homme, tout sourire. Il aperçoit le chat, qui se soustrait aussitôt à sa vue.

Parvenu aux côtés de Monique et de Paré, Denis leur mit chacun une main sur l'épaule et les regarda tour à tour. Il voulut leur dire comme tout était beau, qu'il fallait s'amuser, mais ne put exprimer son bien-être. Ce n'était pas nécessaire, car tout se passait dans le regard. Tous avaient un regard tellement rempli de bonté que Denis sut immédiatement que personne n'allait se battre ici.

— À l'autre bout, il fait moins chaud, dit-il simplement.

— J'ai mieux que ça comme fraîcheur: il faut que j'aille chercher mon ski-doo. Il est pas bien loin.

— Ah non! Tu vas pas encore me faire marcher dans la neige! fit Barbie.

— Ben reste donc ici, répondit Paré, un brin d'agacement dans la voix. Maquille-toi un peu, et après tu surveilleras Chose pour pas qu'il mette plein de bois dans le poêle.

— Ça, je m'en occupe.

Denis quitta le groupe et s'approcha de Moteur. Le visage blanc de son compagnon montrait une expression à mi-chemin entre la grimace et le sourire, pendant que ses yeux parcouraient les formes de la truie.

— Moteur, tu sais que tu chauffes trop? Ça rend les gens nerveux. Moins patients. Voudrais-tu que je te prête mon...

— Il faut l'endormir! Il faut l'endormir! explosa Moteur en enserrant d'une poigne de fer le poignet de Denis.

— Arrête! Tu vas me casser le bras!

C'est sur lui que pesaient maintenant les yeux exorbités de Moteur, qui continuait de serrer son poignet malgré les efforts de Denis pour se dégager.

— La chaleur va l'endormir! Il faut chauffer, chauffer!

Une main se posa avec douceur sur le bras de Moteur.

— Allons, mon vieux, tu veux arracher la main de ton copain?

Monique se pencha sur Moteur et posa son autre main sur le front blême et creusé de rides.

— Est-ce que ça va mieux? Tu voudrais une petite *shot* de whisky? Tu voudrais dormir, pas vrai?

La pression autour du poignet de Denis se relâcha. Monique prit la bouteille par terre et répéta son manège de tout à l'heure: elle s'offrit une rasade avant de faire boire Moteur.

— Grouille pas, Paré, dit-elle en reposant la bouteille. Je vais y aller avec toi, chercher ton ski-doo.

— T'as du whisky? fit ce dernier, les yeux ronds.

— Oh non! Pas du whisky! s'écria Barbie, une certaine crainte déformant ses traits parfaits alors qu'elle dévisageait Paré.

— Whisky, oui. Pis toi?

— Téquila. Sur mon ski-doo. Je suis sûr qu'il y avait pas de voleurs cette nuit.

— Ni de violeurs, hi hi hi! glissa Barbie, mais son sourire fondit aussitôt.

Comme Denis se faisait la réflexion que tous semblaient heureux dans le chalet, il prit conscience que, depuis le début, tout ce beau monde soufflait de la buée en respirant, et ceci lui donna un choc. Du bout des doigts, il se frotta les yeux, longuement, en appuyant de plus en plus fort. Il ne faisait pas froid, ici. Il n'avait qu'un chandail sur le dos, et c'en était presque un de trop. Seul Moteur semblait avoir froid, mais c'était normal dans son état.

Monique et Paré enfilèrent leur habit. Denis se demanda s'il valait mieux rester avec Moteur et Barbie ou participer à l'opération motoneige. Un peu d'air frais lui ferait certes le plus grand bien, après une nuit passée dans cette étuve. Il se rendit prendre son propre habit, accroché au mur non loin de la truie.

— J'y vais avec vous autres. Si ton ski-doo est bien calé, fit Denis à l'adresse de Paré, ça va prendre des bras.

· 7 ·

Denis n'avait pas sitôt refermé la porte du chalet derrière lui qu'il perdit, malgré l'air froid qui lui faisait du bien, toute envie de jouer dehors. Un cafard écrasant s'empara de lui comme il promenait son regard dans la forêt couverte de neige. Tout près, Monique et Paré observaient également le paysage, sans qu'aucun fît mine de se diriger vers les motoneiges.

— C'est quoi, la petite lumière verte là-bas? dit Paré.

— Sais pas. Je l'ai vue hier mais ça me tentait pas d'aller voir. J'ai pensé à une espèce de borne pour marquer je sais pas quoi. À batterie, parce qu'il y a pas d'électricité dans le coin, c'est certain.

— Une borne perdue dans le bois?

— On verra une autre fois, proposa Monique.

— Ouais.

Les rafales incessantes avaient élevé, de ce côté-ci du chalet, un banc de neige qui leur arrivait à hauteur d'épaule et dans lequel s'encastrait toute la partie avant des deux engins. Denis avala difficilement sa salive en évaluant leur position respective. La motoneige de Monique semblait être par-dessus la sienne.

Un peu de poudrerie traversait encore les abords du chalet, les nuages continuaient de saupoudrer leur inépuisable provision de flocons, mais le gros de la tempête, assurément, était passé.

— Mon ski-doo est quelque part par là, dit Paré en pointant un bras.

— On devrait commencer par faire partir les deux qui sont ici.

Il n'y avait aucun entrain dans la voix de Monique. De toute évidence, elle n'avait, comme Denis, qu'une seule idée en tête: retourner dans le chalet. Paré lui-même ne semblait pas trop fringant.

— Attendez un peu, faut que j'aille pisser, reprit-il.

Paré disparut, en sautillant dans la neige, de l'autre côté du chalet. La vue des alentours déprimait totalement Denis. Cette forêt était trop grande, trop déserte pour qu'il songe à s'y promener. L'impression de désolation était telle qu'il s'y sentait vulnérable, mal à l'aise. Le chalet, en ce moment, était l'endroit le plus désirable de l'univers.

— Eh! Venez voir ça! cria Paré en agitant le bras, à l'angle de la bâtisse.

— Quoi encore? demanda Monique.

— V'nez voir!

Denis, arrivé le premier, poussa un cri de surprise. Sur une surface de plusieurs mètres carrés, il n'y avait plus un seul flocon de neige au sol! Tout avait fondu, exposant à l'air glacial la terre et les feuilles mortes, le tout baignant dans une eau couronnée de vapeur à cause du froid. Un anneau de glace délimitait l'étendue de l'eau, qui partait du mur du chalet.

— Wow! fit Denis. Comment ça se fait, ça?

— Première fois que je vois ça, dit Paré en haussant les épaules.

— En tout cas, c'est vis-à-vis de la truie, observa Monique. On dirait que toute la chaleur sort par là.

— Arrête, toi! On crève, là-dedans. C'est l'enfer.

— Alors, d'où elle vient, la chaleur qui a fait fondre tout ça? Vas-tu dire que c'est toi en pissant?

— Es-tu folle? Vas donc crinquer ton ski-doo au lieu d'écœurer le monde! Tu vois ben qu'y a pas de sortie d'air ou de trou dans le mur!

Monique avait planté les mains sur ses hanches mais avant qu'elle n'ajoute un mot, Denis, une nouvelle fois, joua les pacificateurs.

— Eh! les nerfs! Respirez un peu par le nez. Je trouve ça intéressant, cette affaire-là, moi.

C'est comme dit Monique: on dirait qu'il y a plein de chaleur qui sort par là.

— Mais si on perdait tout ça, on gèlerait en dedans, précisa-t-elle.

— On s'en sacre, parce qu'on a deux ski-doos à faire partir, nous autres! J'voulais juste vous le montrer parce que c'est drôle, pas pour vous entendre dire n'importe quoi. Inquiétez-vous pas, on manque pas de chaleur en dedans. Y en a juste un qui hallucine du frette! Bon, on y va!

Pendant que Paré sautillait en direction des motoneiges, Monique s'était rapprochée de Denis.

— En tout cas, moi, j'comprends pas que ça fonde grand comme ça. Ça se peut pas. Une petite flaque par terre, je dis pas, mais ça...

— Moi non plus je comprends pas, mais tant qu'on gèle pas...

Denis regarda un instant la buée qui jaillissait de leur bouche, fronça les sourcils, puis emboîta le pas à Paré.

— Ça partira pas tout seul, dit Monique, en se frayant un chemin à travers le banc de neige qui se dressait à l'avant du chalet.

Deux pas plus loin, Denis vit se matérialiser ses pires appréhensions: la motoneige de Monique s'était bien arrêtée *sur* la sienne. Il se laissa tomber sur les genoux. Là où un rutilant capot jaune avait coiffé la mécanique, il ne restait plus que quelques bouts de fibre de verre écrasés sous l'avant de l'engin de Monique.

La chose à faire aurait été de se lever pour aller l'engueuler, la brasser un peu. Mais Denis était totalement anéanti par la vue de la motoneige de son père, qui commençait à ressembler sérieusement à un tas de ferraille, et il ne se sentait plus la force de piquer une crise.

— Désolée, mon vieux. La tempête était comme un mur blanc, et j'ai jamais vu ton ski-doo...

Elle lui avait posé une main sur l'épaule. Malgré l'épaisseur de vêtements, ce contact lui fit du bien. Puis il prit conscience qu'elle était en train de le consoler, qu'il se comportait comme un bébé. Il se dressa sur ses jambes.

— Bon ben, je pense qu'on va prendre le tien, dit-il, en faisant un effort pour contrer le trémolo de sa voix.

— Compte pas trop là-dessus, ti-gars. Regarde: elle a cassé un ski en te rentrant dedans. Il est en dessous de ton ski-doo.

— Maudite marde! constata Monique.

— On va partir le mien, d'abord. Je pense qu'il n'a rien de brisé, à part...

Le capot. Quel capot? Il n'en restait que des miettes! Des miettes! Horreur! Son père le ferait paner dans la friteuse, morceau par morceau! Quoi faire? Comment Denis pourrait-il envisager de retourner chez lui maintenant? *Vrai comme je suis là, p'pa. Après l'orignal, y a une grosse branche qui a cassé pis qui est tombée en plein dessus. Ça devait être le vent.*

Il poussa un long soupir, puis se pencha pour inspecter les dommages. L'engin de Monique reposait directement sur le moteur du sien, mais rien n'avait été arraché. Conjuguant leurs efforts, ils séparèrent les moto-neiges. Un rapide coup d'œil à la courroie, à la poulie et aux fils des bougies ne révéla rien d'anormal. Denis tourna la clé de contact. Il fit jouer les muscles de ses épaules, agrippa la poignée, tira un coup sec sur la corde. Le moteur ne fit preuve d'aucune bonne volonté.

Quelques vingt coups plus tard, Denis se laissa tomber sur le siège, hors d'haleine.

— Je suis sûr que tes carburateurs sont pleins de neige, dit Paré.

— T'aurais dû me le dire avant, souffla Denis. Qu'est-ce qu'on fait, on les démonte pis on les rentre?

— À moins qu'on aille chercher le mien avant?

— Il est loin?

— Je sais pas trop. On a trouvé ça pas mal long à pied dans la tempête pis la noirceur, en tout cas.

— Loin du chalet... murmura Monique en scrutant la forêt, où les arbres étiraient vers le sol leurs nombreux bras chargés de neige.

Paré se tourna vers le chalet.

— J'ai vraiment pas le goût de marcher dans la neige.

Denis, qui avait suivi son regard, fut pris d'une envie irrésistible de rentrer.

— Bon ben, on démonte les carburateurs pis on les fait sécher en dedans.

Monique, qui examinait les dégâts — minimes, sauf pour le ski cassé — sur sa propre motoneige, approuva d'un signe de tête. Elle prit sa trousse d'outils et s'approcha de l'engin de Denis. Sans tâtonner, elle débrancha une des arrivées d'essence.

— Puisque vous êtes deux, vous pourriez vous occuper de l'autre carburateur, peut-être...

— T'aimes ça, donner des ordres, dit Paré, exprimant par le fait même la pensée de Denis.

— J'ordonne pas, répliqua Monique sans même le regarder. Je propose.

* * *

Une chaleur suffocante les accueillit à l'intérieur.

Moteur reposait sur le dos, son visage blême tourné vers le plafond, ses yeux ronds complètement braqués à gauche, fixés sur la porte ouverte de la truie. À l'autre bout du chalet, Barbie, maintenant en chandail décolleté, était affalée sur la deuxième causeuse, loin des poêles. Ses yeux étaient fermés, sa bouche

béait légèrement. Un petit nuage de buée ac-
compagnait chacune de ses expirations.

— Regarde, dit Paré à l'adresse de Denis.
C'est comme ça que je l'aime.

Paré claqua la porte du chalet et Barbie
sursauta. Elle cligna des yeux quelques secondes, apparemment hébétée.

Monique marmonna quelque chose qui fi-
nissait par « épais », que Paré n'entendit pas.
Denis voulut approuver, mais hésita; donner
raison à une fille qui déjà avait la grosse tête?

— Dis-moi pas que t'as laissé chauffer encore notre grand gelé?

— Mais il tremblait tellement, mon pitou...
fit la blonde en s'approchant de Paré.

Celui-ci enleva son manteau d'un geste sec,
puis se rendit refermer d'un coup de pied la
porte de la truie. Moteur fut le seul à ne pas
sursauter. Paré fit volte-face et se pencha vers
lui. Barbie agrippa son bras comme pour le retenir, mais Paré s'était immobilisé de lui-même.
Personne ne bougeait plus.

Denis s'approcha de la scène. Moteur ne
fixait plus la truie mais Paré. Sa tête hirsute
n'avait pas bougé d'un centimètre. Seuls les
yeux s'étaient déplacés.

— Marionnette... murmura Moteur.

— Comment, marionnette? J'ai-tu des fils
qui pendent? Ça va pas trop bien, la tête?

Paré avait serré les poings. Barbie tira plus fort sur son bras. Monique s'approcha à son tour.

— Calme-toi, Paré, fit Denis. En t'énervant, tu vas juste avoir plus chaud.

— La prochaine fois qu'il met une bûche, ça va aller mal!

— On va le surveiller.

Paré poussa un long soupir, avant de se diriger à l'autre bout. Barbie le suivit.

— Pis, les ski-doos? dit-elle.

— Y en a un qui est trop loin, un qui a un ski cassé, et l'autre qui part pas.

— Mais on a les carburateurs. Au travail.

— C'est-tu un moteur comme dans une auto, ça, le cabaruteur? s'informa Barbie.

Denis les déposa sur la table, sortit de sa poche quelques outils et commença à enlever les vis.

— C'est ça, le barburateur? demanda encore la blonde en pointant du doigt.

— C'est ça, c'est ça! fit Paré, un brin d'agacement dans la voix. Sers-nous donc un whisky. Ça va faire du bien.

— Ah non! Pas du whisky!

— Juste un petit.

— Tu vas encore devenir complètement nul.

Barbie dévisageait son copain. De toute évidence, elle n'aimait pas le voir boire, et semblait chercher un moyen de détourner la conversation. Denis remarqua que Monique, en retrait, s'amusait de la scène.

— Pis toi, t'avais pas l'air nulle quand on est rentrés, les yeux fermés, la bouche grande ouverte? Une chance que c'est pas la saison des mouches!

— J'étais en train de faire un beau rêve. Pis tu l'as interrompu en claquant la porte, si tu veux le savoir.

— Un rêve cochon, peut-être?

— Tu te rappelles notre première rencontre?

— Oui, l'année passée, je sais pas trop...

— Le printemps passé, un petit chemin de campagne, dans ton auto, à la pleine lune, sur la banquette arrière...

— T'es donc ben romantique, aujourd'hui. C'est la forêt qui te fait ça?

— Peut-être. En tout cas, j'ai vu des étoiles ce soir-là. J'en ai même perdu des bouts. Dans mon rêve, y avait une grosse étoile filante dans le ciel.

Denis déposa sur la table le flotteur du carburateur qu'il venait d'enlever et observa Paré, qui avait tout à coup redressé la tête.

— Quoi, qu'est-ce qu'il y a? reprit Barbie.

— Rien, rien, fit Paré en secouant la tête. Ton étoile filante m'a fait penser à quelque chose pendant une seconde, mais je sais plus quoi. Coudon, t'as pas d'autres sujets de conversation?

— Oui: sers-toi-le tout seul, ton maudit whisky!

Pour la première fois, nota Denis, le visage de Barbie n'évoquait pas une pose plastique. Elle était très contrariée et serrait l'une contre l'autre ses lèvres charnues, comme si elle avait lutté pour contenir un imposant flot d'insultes. Nul doute que si la chambre avait eu une porte, elle aurait couru s'y enfermer. Cela devait être humiliant. Avant que Denis ne trouve un bon mot à dire pour détendre l'atmosphère, Monique, qui travaillait sur le deuxième carburateur, s'adressa à Barbie.

— Il nous faudrait des guenilles pour bien essuyer tout ça, dit-elle. En as-tu vu quelque part?

— Attends, je vais regarder. Ah! il y a une lettre dans ce tiroir-là!

— À Eugène?

— Non. Albert Bouchard. Il fait partie de la famille? Quelqu'un le connaît? demanda Barbie.

— Jamais entendu ce nom-là, fit Paré d'une voix maussade, avant de se tourner vers Denis et Monique. Besoin d'un coup de main, vous autres?

— Trouve de quoi pour essuyer les morceaux déjà démontés, répondit Monique sans lever les yeux.

— Y a rien, dit Barbie en refermant le dernier tiroir. Des ustensiles, des casseroles ca-

86

bossées, toutes sortes de cochonneries, mais pas une maudite guenille! Dans quel trou sale tu m'as emmenée, toi! Pas même une tévé! C'est ça, la campagne que tu voulais me montrer?

Barbie était maintenant plus rouge que le rouge qu'elle s'était mis sur les joues. Elle balança un coup de pied sur une porte d'armoire, tendant à l'extrême les jeans qui moulaient jusqu'au plus infime détail de ses fesses. Denis échappa son tournevis. De nouveau, la blonde parcourut le chalet du regard. Les jets de buée qui jaillissaient de ses narines étaient courts et rapides. Il devina ce qu'elle allait dire.

— Coudon, reprit-elle, elle est où la toilette, ici?

— Dans le banc de neige, souffla Monique, son attention toujours tournée vers le carburateur dont elle venait de retirer une tige.

Pourquoi diable produisaient-ils de la buée en respirant un air aussi chaud que celui du chalet? Une question d'humidité, peut-être?

À part ce détail qui l'agaçait, Denis se sentait plutôt coupé de ce qui se passait autour de lui. Non, il y avait aussi la partie de clairière où la neige avait fondu. Pourquoi? Comment? Bof.

Il était comme quelqu'un qui regarde un film, ou qui a conscience du déroulement d'un film tout en s'appliquant à autre chose. Ce travail, que Denis exécutait en ce moment, était lui-même accompli distraitement car, dans sa tête, les pensées bouillonnaient comme ça lui était rarement arrivé.

Démonter, assécher, remonter, démarrer. Démarrer pourquoi? Il était bien, ici, et n'avait nulle intention de quitter le chalet, une pensée qui à elle seule faisait s'emballer son cœur. Démarrer, oui, pour que Paré sacre son camp au plus vite avec sa poupée! Alors, Denis serait seul avec Monique, à la lueur de quelques lampes à huile et, qui sait, peut-être d'une seule (il entendait depuis quelques minutes les ronflements de Moteur dans l'autre coin. Dans son état, et maintenant qu'il avait fini par s'endormir, il ferait certainement le tour de l'horloge avant d'ouvrir un œil).

Paré non plus ne devait pas avoir envie de partir. C'était compréhensible. Il fait si bon se trouver au chalet d'oncle Eugène! Mais pourquoi tout le monde ici avait-il un oncle Eugène? Même en admettant qu'il y avait des menteurs, comment pourraient-ils tous avoir le même mensonge? Que venait faire un Albert Bouchard là-dedans?

De nouveau, le tournevis glissa entre ses doigts. Il roula vers le rebord de la table et tomba par terre avant que Denis réagît. En tendant le bras pour s'en emparer, il se rendit compte qu'il avait peine à ouvrir sa main. Ses doigts s'étaient dépliés avec lenteur et mirent tout autant de temps à se refermer sur le tournevis, qui lui échappa encore, comme si ses mains avaient été engourdies. Comme si elles étaient gelées. Denis souffla un long jet de buée.

Il avait chaud, et pourtant ses mains avaient perdu toute souplesse. Quelques tortillements sur sa chaise lui apprirent qu'il en était de même pour tout son corps. Il regarda Monique qui, sourcils froncés, mettait de réels efforts dans ses gestes. Paré, appuyé au comptoir près de la porte, avait croisé les bras et placé ses mains sous ses aisselles. S'agissait-il d'un geste conscient?

— Pis, dit soudain Monique, y a rien pour essuyer finalement?

Paré se contenta de hausser les épaules.

— On pourrait prendre un drap, risqua Denis.

— Aussi bien les laisser sécher tout seuls.

— Proche de la truie.

* * *

Le pire, c'était d'attendre. Personne ne disait un mot. Tout le monde avait l'air un peu ailleurs. Denis prit le cendrier sur la table et l'examina, le tourna entre ses doigts gourds, observa les lettres de son inscription «Ti-Bert». Ti-Bert Bouchard, peut-être? Le cendrier était lisse et propre. Immaculé. Beau comme

un beau cadeau, qu'oncle Eugène cache derrière son dos, pour faire une surprise au petit Denis, qui saute de joie et de bonheur. Il y a quantité de gens avec eux, mais le petit Denis ne s'en occupe pas, il ne les voit même pas. Il n'en a que pour son oncle. Au moment où il songe à regarder le visage d'Eugène, le chat bouge dans son champ de vision et court se cacher. Son corps est anormalement long et maigre, musculeux, hirsute. Grand Denis sursaute. S'agit-il bien d'un chat? Le petit Denis tend un bras vers l'animal. Grand Denis s'inquiète, mais se sent tout à coup emporté par un tourbillon, qui cesse aussi vite qu'il était apparu, le laissant derrière son oncle, en train d'observer par-dessus l'épaule du vieil homme sa jeune contrepartie dont le visage porte la trace du plus intense plaisir.

Le décor change brusquement. Une grosse lune se reflète sur la neige. Denis plane au-dessus d'un champ qu'il reconnaît et arrive en vue de sa motoneige enlisée dans un ruisseau. La lune n'est pas seule à éclairer l'endroit. Il y a une lueur différente qui fluctue, une clarté verdâtre qui vient d'un autre point du ciel. Denis voudrait regarder de ce côté, mais son regard reste rivé à l'autre Denis, celui dont la motoneige est prise dans le ruisseau. C'est celui-là qui, lentement, tourne la tête vers la lueur. Un éclair jaillit, une étoile traverse le ciel.

Le Denis qui assiste à la scène suit le mouvement de l'autre, mais soudain il se sent mal et tout se met à danser autour de lui. Les

champs de neige éclairés par la lune se dissol-
vent, la clarté verdâtre s'atténue. Denis ne
plane plus, il repose sur une surface dure. Son
cœur rue dans sa poitrine.

Après quelques clignements de paupières,
il vit le plancher du chalet, tout contre son visage. Il était étendu par terre!

Près de lui, également couchés, en train de
rouler des yeux incrédules, Paré, Monique et
Barbie.

Une ombre attira son attention. Denis tourna la tête, puis sursauta.

Blanc comme un drap, Moteur se tenait
debout près d'eux, une couverture l'envelop-
pant jusqu'à la tête. Il les regarda tour à tour
en roulant les yeux, agité de tremblements.
Derrière lui, des flammes ardentes crépitaient
dans la truie, dont la porte était ouverte.

— Votre vitalité ouvre la porte dans le ciel.
Il faut chauffer, chauffer, chauffer pour l'endormir!

Moteur se tourna brusquement et marcha
vers la corde de bois. Denis et Paré se levèrent
en même temps pour l'empêcher d'ajouter une
autre bûche. Moteur se débattit faiblement,
marmonna des propos incohérents sur quelqu'un qui se servait d'eux, mais finit par se laisser étendre sur la causeuse.

— Bon, c'est le temps de penser au ski-doo!
fit Paré en ramassant son habit de motoneige.

Denis jeta un dernier coup d'œil à son compagnon, tout à fait calme maintenant. Il rassembla les pièces et entreprit de remonter un des carburateurs. Ses doigts lents et malhabiles rendaient plus complexe le moindre mouvement; il dut même s'y reprendre par trois fois pour insérer une vis dans son trou.

En examinant l'étrangleur, anormalement difficile à manipuler, à l'entrée du carburateur, Denis remarqua des reflets à l'intérieur, comme si le métal avait été poli au point de réfléchir la faible lumière qui régnait dans le chalet. Il y regarda de plus près et dut se rendre à l'évidence : une espèce d'enduit recouvrait chaque pièce du carburateur. Du bout du tournevis, il tenta d'égratigner la surface transparente mais eut l'impression que la pointe de son outil ne s'enfonçait que très légèrement, sans laisser la moindre marque.

— C'est quoi cette écœuranterie-là? s'écria Monique, qui s'occupait du deuxième carburateur.

— Quoi, quelle écœuranterie? s'enquit Paré.

— Ben, regarde: y a quelque chose de transparent en dedans.

— Montre donc, voir, fit Denis en s'approchant.

C'était bien la même substance qu'il venait de trouver dans l'autre carburateur. Comment avaient-ils pu ne pas remarquer ce détail au moment de les démonter? Non, non! C'était impossible : si cet enduit avait été là quand on les avait enlevés du moteur, il l'aurait remarqué. Évidemment, puisque les carburateurs étaient à ce moment pleins de neige...

La pièce qu'il tenait lui glissa des doigts et tomba sur le sol, où elle rebondit lourdement. En se penchant pour la ramasser, Denis ne trouva pas la moindre marque d'impact sur le plancher de bois du chalet. Toujours ce vernis. Le plafond, les murs, les meubles, tout était recouvert par cette substance luisante. Serait-il seulement possible de planter un clou dans l'un de ces murs? Denis n'avait aucune intention d'en faire l'essai. Pourquoi gaspiller son énergie à des geste aussi futiles?

Non. Ce qu'il y avait d'inquiétant, c'était ceci: cet enduit pouvait-il empêcher les carburateurs de fonctionner?

Autre chose: qu'était donc cette substance? Et comment s'était-elle retrouvée dans les carburateurs en si peu de temps?

— Pis, qu'est-ce que c'est? demanda Monique.

— Sais pas. Ça s'enlève pas, en tout cas. Le moteur a dû aspirer ça avant de s'arrêter, pour qu'il y en ait jusqu'au fond.

— Ça va marcher quand même? fit Paré, par-dessus l'épaule de Denis.

Denis n'était pas trop optimiste, mais

comme il n'était pas un spécialiste en mécanique, il garda son avis pour lui.

— On pourrait peut-être demander à Moteur ce qu'il en pense...

— Ton chum? Il ferait même pas la différence entre un ski-doo pis un sapin!

— Essaye quand même, suggéra Monique.

Moteur, sur la causeuse, regardait le plafond. Son corps tremblait, comme il n'avait cessé de le faire depuis leur arrivée au chalet. Denis s'approcha de lui, un carburateur dans les mains (qu'il gardait en coupe, car ses doigts étaient trop engourdis pour porter quoi que ce soit. Cela devenait même douloureux. Mais froid? Ça non.) Au moment où il se penchait vers la causeuse, son compagnon tourna vers lui ses yeux ronds et fixes, tout à fait calme. À quand la prochaine crise?

— T'as compris... murmura-t-il.

— Tu devais bien te douter, mon vieux Moteur, qu'on pourrait pas se passer bien longtemps d'un mécanicien.

Un grognement fut sa seule réponse.

— Je voudrais que tu regardes ce carburateur, et que tu me dises ce que t'en penses. Tu veux bien?

— Il est ici, il est partout, il va ouvrir la porte...

Denis plaça le carburateur devant le visage de Moteur. Celui-ci leva ses mains tremblotantes et le prit, le fit tourner devant ses yeux plus ronds que jamais.

Puis Moteur rejeta la tête en arrière, pendant qu'un gigantesque éclat de rire déformait son visage et emplissait le chalet.

Le carburateur roula par terre.

· 8 ·

Denis fixait la porte depuis que Paré, frustré ou excédé, de mauvaise humeur en tout cas, était sorti avec les carburateurs. Barbie avait quitté la chambre et s'était assise près de Monique, sur la causeuse la plus éloignée des sources de chaleur. De temps à autre, elles échangeaient quelques phrases à voix basse, entrecoupées de longs silences. La blonde regardait fréquemment à la fenêtre, après quoi elle abaissait son regard vers le plancher, l'air de se dire que mieux valait ne pas se trouver dehors.

Dans la tête de Denis flottait une question: pourquoi n'éprouvait-il aucune envie de franchir cette porte? Avait-il peur dans le bois? Ridicule! Parce qu'il faisait trop froid dehors, alors? Parce que sa motoneige ne fonctionnait pas? Était-ce que la perspective de donner un coup de main à Paré lui était insupportable, ou qu'il se sentait tout simplement trop fatigué?

Oui, c'était peut-être cela dans le fond: il était complètement épuisé. Vidé. Il soupira, projetant un bref jet de vapeur devant lui, tapota la table. Il ne sentait plus ses doigts, et cela l'inquiétait; il faisait beaucoup trop chaud dans le chalet pour que... Cet engourdissement était sûrement un mauvais signe. Il n'était pas cardiaque, tout de même!

Les filles lui parurent blêmes. Même si elles bougeaient parfois les mains en parlant, leurs doigts restaient plutôt immobiles, comme rigides. Monique avait détaché quelques boutons de sa chemise et enlevé ses gros bas de laine. Ses pieds étaient blancs.

Plus il s'y attardait, plus Denis trouvait du charme à Monique. Le moindre de ses gestes lui plaisait, sa façon de bouger, son sens de la réplique, tout ça faisait d'elle une personne... intéressante. Directe, assurément.

Ce n'était pas que ses traits fussent particulièrement fins ou délicats. Le nez, à bien y penser, était un peu fort, peut-être même sa mâchoire l'était-elle aussi. Mais quel éclat dans les yeux! Tout était là, tellement fort que son visage formait un ensemble unique et indissociable. Jamais il n'avait rencontré une fille comme ça, ni entendu dire que cela pût exister.

Pourquoi diable, et surtout comment diable avait-il pu ne rien remarquer de cet attrait, de cette beauté à prime abord? Denis se rappela ses premières impressions, quand Monique était arrivée au chalet (cela lui sembla tout à coup un événement bien lointain). Elle lui avait paru détestable, il avait même eu l'idée d'aller lui botter le derrière.

Maintenant, ce n'était plus pareil. La différence demeurait floue dans son esprit mais, d'une certaine façon, il se sentait quelque chose en commun avec elle.

Un claquement métallique le tira de ses pensées. Moteur venait de jeter une autre bûche dans la truie. Encore plus de chaleur! Denis serra les poings.

Il y a un nerf qui relie les pensées au cul. C'est pourquoi le coup de pied au derrière est si efficace pour secouer les idées. Mais ça ne veut pas dire que ça les place correctement dans la tête de qui le reçoit. C'est comme secouer un sac de *popcorn*; on n'est jamais sûr de faire remonter en surface LE grain de maïs qu'on veut. Mais le coup de pied au cul était vraiment le seul moyen qui restait pour faire comprendre à Moteur de ne plus chauffer.

Au deuxième pas, son genou plia sous son poids, et Denis se demanda s'il aurait seulement la force de lever le pied jusqu'au derrière de Moteur. Il s'immobilisa. Son compagnon chambranlait devant la causeuse, blême comme un cadavre, tourné vers lui.

— La grande porte ouverte, le froid envahira le monde. C'est ça qu'il veut.

—Moteur, t'es rendu que tu parles comme dans un livre. Tu délires. Va te recoucher. Et lâche la truie tranquille!

L'attention de Denis se porta sur les yeux luisants de Moteur, qu'il fixa assez longtemps pour que le reste du décor s'embrouille et qu'ils ne soient plus que deux petits hublots dans un espace flou. Pendant un instant, Denis eut l'impression étouffante d'être enfermé quelque part, et que seuls les yeux de Moteur lui permettaient de voir à l'extérieur. Mais il n'arrivait pas à distinguer. Bien sûr, il était trop loin. Comme il allait s'approcher de Moteur, l'illusion se dissipa. Denis s'aperçut que son compagnon l'observait avec attention, la tête légèrement inclinée de côté.

—T'as vu? dit-il d'une voix aiguë. Tu l'as vu, t'as senti sa présence?

— Qui? Tout le monde est là, mon vieux. Regarde toi-même: Paré pis sa blonde, Monique, moi. Pour toi, c'est moins sûr. T'es en train de faire un fou de toi.

—Non, t'as rien vu, murmura Moteur entre ses lèvres gercées.

Son regard s'éteignit. Le peu de vie qu'il avait affiché depuis quelques minutes s'était envolé et Moteur reprit un air apathique, ainsi que sa place sur le sofa.

Voir? Voir quoi? Moteur capotait! Que voulait-il voir ici à part eux et quelques babioles usées par le temps? Ces vieux sofas, cette vieille table de bois. Mais la truie, ça, Moteur la voyait, pas de doute. Denis fronça les sourcils. En fait, il n'avait toujours aucun souvenir précis de quoi que ce soit de ce fichu chalet, sinon de lui-même tout petit, et d'oncle Eugène de dos

avec un beau cadeau, juste pour le petit Denis, qui rayonne de bonheur. Oncle Eugène sourit-il lui aussi? Comment savoir? Comment voir? Tout ce qu'il sait, c'est que le petit Denis a tendu un bras vers le chat, qui se frotte contre les gens dont il ne voit pas le visage, qu'il s'apprête à le toucher. Soudain, Grand Denis se dit qu'il ne doit pas toucher mais il est trop tard, son petit double effleure la fourrure hirsute et l'animal se tourne tellement vite que d'abord, il ne semble y avoir qu'une forêt de poils sur sa face. Puis deux yeux verts, quasi phosphorescents, apparaissent. Un museau s'esquisse, pousse en tremblotant; en travers du faciès une gueule se fend.

Qu'était cette bête?

La métamorphose cesse, laissant une face d'autant plus inquiétante qu'elle semble inachevée, incomplète. La bête s'enfuit soudain à travers la foule anonyme.

Le petit Denis reporte son attention sur

le beau cadeau, qu'oncle Eugène cache derrière son dos. Oh! comme il voudrait le voir!

Voir?

Denis porta une main à son visage et se massa délicatement les yeux. Voir, comme tout à l'heure dans les yeux de Moteur. Voir un champ de neige comme à travers deux hublots. Cela lui rappela son aventure du printemps dernier, sa motoneige dans le ruisseau en pleine nuit. Le bruit dans le ciel, l'éclair. Denis avait regardé. Il avait marché dans la neige.

Le souvenir s'évanouit. Encore. Maintenant qu'il y repensait, il n'avait aucune idée de la conclusion de cette nuit malchanceuse. Comment s'était-il sorti de ce très mauvais pas? Qui était venu l'aider?

Comment expliquer qu'il ne se rappelait pas non plus s'être posé la moindre question à ce sujet depuis tous ces mois? C'était impensable, et pourtant les faits étaient là.

Il voulut abattre son poing sur la table, mais c'est une main molle et insensible qui s'écrasa contre la surface de bois.

À ce moment, Paré rentra brusquement, claqua la porte et s'y appuya. Ses yeux balayèrent l'intérieur du chalet, puis il se détendit (ou fit semblant de le faire).

— Déjà? Pis? questionna Monique en s'approchant.

— Ça marche pas, dit-il, après un soupir.

— T'as certainement pas eu le temps de les essayer pour vrai.

— Je sais que ça marchera pas! répliqua sèchement Paré, alors qu'un peu de couleur revenait sur son visage.

Barbie s'immisça entre eux.

— Moi, je te connais, mon vieux. As-tu rencontré un ours? On dirait que t'as eu la peur de ta vie.

— Tu te fais des idées. Pour moi, t'as volé un peu de whisky à Chose, là-bas.

— Ta blonde a raison, dit Monique. T'as la tête d'un gars qui porte des souliers trois points trop petits.

Paré balaya ces arguments du revers de la main, puis sembla chercher quoi dire. Aucun mot ne franchit toutefois ses lèvres. Soudain, il releva la tête.

— Coudon, il a encore chauffé, lui? Hé! Je t'avais pas dit de le surveiller? fit-il en se tournant brusquement vers Barbie.

— Je vais quand même pas me coucher à côté de lui pour le guetter! T'aurais ben trop peur que je parte avec!

— Y a rien qu'une façon d'arrêter ça! Pousse-toi de là!

D'un mouvement brusque, Paré tassa sa compagne et bondit jusqu'à la truie.

— On va lui enlever, son maudit bois!

Il ramassa une pleine brassée de bûches, courut presque ouvrir la porte, projeta le bois à l'extérieur.

— C'est vrai que ça peut régler le problème... admit Monique.

Denis était bien d'accord et ils prirent chacun plusieurs bûches pour donner un coup de main à Paré — qui enfin avait eu une bonne idée. C'est d'ailleurs lui qui sortit la dernière brassée, sous le regard éteint de Moteur, qui n'avait pas esquissé le moindre geste.

Après avoir refermé la porte, Paré fit un faux pas et dut s'appuyer sur le mur pour conserver son équilibre.

— Qu'est-ce qui m'arrive? souffla-t-il en tournant vers eux son visage aux traits tirés.

Une espèce de lassitude après l'effort s'était emparée de Denis, qui ne se donna même pas la peine de lui répondre.

— T'es fatigué, c'est tout, répondit Barbie. Oublie pas qu'on a marché un bout dans la tempête, pis qu'on n'a presque pas dormi depuis. Moi aussi, je suis fatiguée, tu sais, complètement brûlée.

— Non, non. C'est pas une petite marche dans la neige qui va me mettre à terre. Peut-être une grippe qui commence.

— En tout cas, tu dois nous avoir infectés : je m'endors, moi aussi, dit Monique en se calant sur la causeuse.

Tout le monde était fatigué. Cela se voyait sur les visages affaissés, les expressions lasses, les mouvements lents. C'était même plus que ça: Denis *sentait* leur fatigue, il la partageait avec eux, comme si tous avaient été branchés en réseau. Il était conscient de ce que cette idée avait de ridicule, que c'était sans l'ombre d'un doute son propre épuisement qui lui donnait des pensées aussi farfelues.

— Viens donc t'étendre un peu, mon pitou, fit la blonde en prenant la main de Paré.

— Oui, mais faut les réparer, ces maudits ski-doos-là...

— Juste un petit somme...

Barbie avait adressé un tel regard à Paré que, si Denis en avait été le destinataire, il aurait fondu sur place, ou plutôt, il serait allé faire un petit somme avec elle jusqu'à la fin des temps. Voilà qui était fascinant. En ce moment, elle n'avait absolument plus rien de cet air un peu tarte du début. Ce n'était plus la même personne. En ce moment, elle était toute séduction, toute beauté. Une arme de fille? D'ailleurs, le ton de Paré faiblit :

— Bon, OK. Tout petit. Ça me rappelle : j'ai repensé à ce que tu disais tout à l'heure, notre première rencontre. Coudon, je viens pas à bout de me rappeler comment on a fini ça. On a pris un coup? J'me rappelle même plus d'être reparti avec le char. Qu'est-ce qu'on a fait?

— Ben... on a dû trop boire... je suis plus trop sûre...

— Bah, viens, on va aller répéter tous nos gestes; j'suis sûr qu'on va se rappeler. Et j'suis sûr qu'on s'était bien amusés.

D'une poussée sur les fesses, il guida sa blonde vers la chambre.

Denis se tourna vers Monique, sur le sofa, mais celle-ci avait déjà fermé les yeux. Lui-même aurait voulu dormir, bien que cela lui semblât tout à fait anormal dans les circonstances. Ce brusque besoin de sommeil chez tout le monde en même temps activait une sonnerie d'alarme.

Mais d'abord, réfléchir. Il alla s'asseoir à table, appuya son menton sur ses mains. Derrière la fenêtre, la neige tombait de nouveau. Il sursauta. La lueur verte était devenue énorme! Il n'était plus possible de parler d'une ampoule ou d'un projecteur. Cela ressemblait à une grosse tache de lumière qui dansait dans l'air à la limite de la clairière. Denis voyait à travers. Non, pas à travers, car il ne s'agissait pas d'arbres ou de bancs de neige. Quelque chose bougeait au centre de cette tache verte!

En voulant se coller à la fenêtre, il fit un faux mouvement. Sa main glissa, il perdit l'équilibre sur sa chaise, son visage frappa le dessus de la table. Quand il voulut se relever, il en fut incapable. Son regard était tourné vers le comptoir de la cuisine. Dans son champ de vision il y avait Monique, endormie sur une causeuse.

Dans sa tête, un long hurlement.

C'était comme si son corps dormait pendant que son esprit voulait bouger. Le moindre doigt refusait de lui obéir, tout comme sa bouche qui restait béante malgré le cri qu'il poussait intérieurement. Peu à peu, il sentit ses paupières s'alourdir sans qu'il pût y faire quoi que ce soit. Bientôt, le décor du chalet disparut.

* * *

Enlisé! Il est enlisé dans le ruisseau! Son engin rempli de sloche est pour l'instant immuable. Denis est épuisé, ses pieds sont trempés. Loin de tout, il n'en viendra jamais à bout.

Un bruit strident éclate, couvrant celui de la motoneige. Une lueur verte attire son attention. Un objet traverse le ciel avec un sifflement d'enfer.

Il le voit, sursaute une deuxième fois, comme s'il avait réellement éprouvé un choc. Ses yeux restent soudés à l'objet le temps, anormalement lent, que celui-ci disparaisse dans la forêt. Il entend le fracas quelques secondes plus tard, une sourde vibration qui le traverse et fait disparaître toute fatigue en lui, toute sensation de froid.

«La civière!»

Des gens surgissent de la forêt. Il ne peut voir leur visage.

«Y a rien sur la maudite civière!»

Denis marche entre les arbres. Il fait noir, mais son pas est sûr. Même si c'est lourd.

Que transportent-ils?

«Il fait chaud, il fait trop chaud!»

Que...

«Pourquoi qu'on traîne ça?»

Battement de paupières.

Denis ouvrit les yeux. Toujours affalé sur la table. Près de lui, Monique parlait dans son sommeil, mais semblait sur le point de se réveiller.

— Vous êtes qui... vv...

Elle cligna à son tour des yeux et se réveilla tout à fait. Pendant un court moment, la confusion marqua ses traits. Puis, en ne bougeant que les yeux, elle regarda Denis.

— Ça va? s'enquit-il.

— Non, glissa-t-elle entre ses lèvres. J'peux pas bouger! J'peux pus bouger!

— Moi non plus!

— Qu'est-ce qui se passe? Qu'est-ce qui arrive?

— Eh! cria Barbie de la chambre, venez nous aider! On a un problème!

— On peut pas! On peut pas!

— Du calme! lança Denis, avec le plus d'énergie qu'il put. Faut réfléchir. Qu'est-ce qui se passe? De quoi tu parlais, toi, de civière?

— Je... je rêvais, c'est tout. J'ai l'impression que c'est un rêve que je fais souvent. Ça t'arrive, des fois?

Denis parvint à remuer un peu ses bras, sur la table, et il reprit espoir.

— Ce serait pas un rêve qui se passe en hiver, des fois? Pis vous autres, dit-il plus fort à l'adresse du couple dans la chambre, c'était pas l'an passé, votre première rencontre? Fin de l'hiver, début du printemps?

— Avril, répondit la petite voix de Barbie.

— Pis toi, Monique, ton rêve, c'est pas plutôt un souv...

— Du bois! Du bois! Il faut chauffer! Ou il va être trop tard!

À l'angle du L venait d'apparaître Moteur, qui s'écroula tout à coup au sol. En s'aidant du mur, il tenta de se relever, mais retomba assis, à bout de forces, en face de Denis.

— Vous êtes faits! Tout le monde ici est fait! sanglota Moteur en baissant la tête. Il faut chauffer! Parce qu'il aime pas la chaleur! Il la fait sortir à mesure. Regardez-vous! Vous êtes gelés! On gèle, icitte!

— De quoi tu parles, Moteur? Explique-toi donc, voir s'il y a quelque chose à comprendre. Tu sais ce qu'on a? Pis toi, tu l'as pas?

— L'Éclaireur! L'Éclaireur, il me connaît pas. Je l'ai pas vu, moi, quand il est arrivé!

— Pourquoi qu'on peut pas bouger? cria Paré.

— Il vous vide! Il a besoin de vous pour ouvrir la Porte!

— C'est quoi, ton histoire de porte?

— Il est venu me voir, moi aussi, mais je suis malade et... on a parlé...

Moteur laissa sa phrase en suspens et son menton retomba sur sa poitrine. Sa respiration était courte et rapide. Ses bras croisés sur son torse tremblaient violemment.

— Réponds, Moteur! De quelle porte tu parles? Il y a un rapport avec la lumière verte qui grossit, là-bas?

Il releva aussitôt son visage blême vers Denis.

— Y est trop tard, de toute façon. Y a plus de bois. On peut plus chauffer. On peut pas le rendormir. Il ouvre la porte. La race affamée va venir. Vous avez pas compris? Oncle Eugène, il existe pas!

· 9 ·

Un bourdonnement avait pris naissance à l'extérieur et faisait vibrer l'ensemble du chalet. Moteur avait fermé les yeux, comme si toute son attention était portée sur ce bruit qui recouvrait presque les ronflements de la truie. Par la fenêtre s'engouffrait maintenant la lueur verte qui déteignait sur le moindre élément du décor. Ce que Denis avait d'abord pris pour une lampe ou une balise, non loin du chalet, devait être devenu énorme.

La Porte?

La Porte! Au diable les délires de Moteur! Denis devait bouger! Quitter cet endroit qui attirait le malheur!

Mais si c'était justement lui, Moteur, le moins déconnecté de la réalité? Ça aurait expliqué comment Denis se sentait depuis qu'il était arrivé ici. Un peu ailleurs, un peu spectateur...

Qui hallucinait, ici? Qui crevait de chaleur pendant que son corps donnait tous les signes d'une engelure sérieuse?

La réalité, c'est qu'il était trop tard pour faire quoi que ce soit car plus personne n'arrivait à remuer.

Le rêve, c'est quand il revivait la scène du printemps dernier, sa motoneige enlisée dans la sloche du ruisseau. Oui, il se revoyait, désespéré, trempé et gelé. Puis la lueur derrière lui, le puissant sifflement. L'étrange objet qui traversait le ciel. Et puis... et puis... Denis n'avait plus froid, ne ressentait plus la fatigue...

Il marche dans la forêt. Pour tout éclairage, la lune.

Qui sont ces gens autour de lui? De la fumée. Des branches cassées, des buissons écrasés. Une odeur, qu'il sent pour la première fois de sa vie. Chaud, il fait trop chaud.

Pleine lune. Denis bute souvent. Ses pieds s'enfoncent dans la neige. Il porte quelque chose. Les autres sont toujours là. Ils transportent l'objet avec lui.

Pleine lune. Ses mains enserrent une poignée. C'est un objet imposant, que Denis n'arrive pas à... une civière! Cela ressemble à une civière. Mais ce n'en est pas une et il n'y a rien dessus, rien, rien du tout et pourtant ils sont là à peiner pour la transporter! Il n'en voit pas la couleur, car la lune ne s'y reflète pas.

Enfin, ils arrivent en vue d'un chalet, un abri.

«Grouillez-vous! Faites de quoi!»

Denis ouvrit les yeux sur l'intérieur vert du chalet. La vibration était plus intense encore, elle chatouillait son visage affalé contre la table. Moteur le regardait avec ses yeux cernés, deux grands trous noirs dans la blancheur de son visage.

— Faut endormir l'Éclaireur! Faut chauffer! C'est un être du froid. Il supporte pas la chaleur. Oh non! Il aime pas ça pantoute!

La tête de Moteur sautilla à plusieurs reprises sans que Denis pût dire si son compagnon riait ou s'il pleurait. Il faisait peur! Dans ses yeux, confusion, terreur, ainsi que d'autres sentiments que personne n'aurait pu identifier. Denis regarda ailleurs; cela lui était insupportable. Ce regard était trop authentique. Moteur était convaincu qu'il y avait quelqu'un ici, avec eux.

Où? Pas dans le chalet, en tout cas. Denis ferma les yeux, écouta.

Oui écouter, comme il avait écouté le bruit de leurs pas dans la neige cette nuit-là, après avoir entendu l'appel de la chose tombée du ciel.

Pleine lune. Le chalet, ils portent la civière vide dans le chalet. L'abri. Ils la déposent par terre. La civière bouge, elle devient plus petite... non, elle s'amincit, bouge encore, devient comme de l'eau. Un grand soulagement habite Denis, un sentiment de sécurité.

Non! pas ça! Denis en avait assez de cette vision absurde! Ce qu'il voulait faire, en ce moment, c'était penser, écouter, débusquer cet intrus. Car il le sentait, lui aussi. L'intrus était là, quelque part, à l'affût, les surveillant depuis le tout début. Denis ne pouvait pas le voir, mais il sentait sa présence, oh! ça oui! Il la sentait! De plus en plus! Elle descendait comme une ombre sur son esprit, écrasante, envahissante, possèdant toute la puissance voulue pour réduire à néant Denis et ses compagnons d'infortune.

C'était comme un grand froid qui courait sur son âme.

Cette présence, il avait un peu l'impression de la connaître. N'était-il pas en contact avec elle, d'une certaine façon? Pourquoi tout cela lui semblait-il si clair tout à coup? Était-ce que l'entité perdait de son effet sur lui maintenant qu'il avait pleinement conscience de sa présence? Ils étaient branchés ensemble, tout simplement.

C'était bien ça : Denis, branché, envahi, soumis, vaincu. Marionnette.

Voilà ce qu'il ressentait.

Voilà, également, ce qu'il avait senti la seule et unique fois de tout sa vie où il était venu dans ce chalet, c'était maintenant tout à fait évident. Il n'avait pas eu de réaction à ce moment, car on ne le lui avait pas permis.

Puis, on lui avait fait oublier.

Maintenant, il se souvenait.

Après qu'ils l'eurent déposée sur le plancher du chalet, la fichue civière qu'ils avaient transportée dans la neige avait adopté une autre forme. Elle avait fondu, ni plus ni moins, s'était étalée avec un bruit de glissement sur le plancher. Puis la substance avait remonté le long des murs, s'était coulée sur le plafond, recouvrant tout d'une pellicule luisante.

L'intrus! C'était la forme choisie par lui!

L'intrus, l'Éclaireur, leur avait parlé, mais Denis avait oublié ses mots. Un rendez-vous, quand reviendrait la saison froide. Puis ils étaient repartis d'où ils étaient venus, Paré et Barbie, Monique, Denis. Lorsque celui-ci s'était retrouvé devant sa motoneige enlisée, son cœur s'était mis à battre furieusement dans sa poitrine. Un courant s'était répandu en lui, chacun de ses muscles s'était tendu, exigeant à tout prix une dépense d'énergie. D'un effort surhumain, Denis avait arraché sa motoneige de l'eau, de la glace et de la neige.

Il secoua la tête, examina le mur qui lui faisait face, trop propre, trop luisant pour n'être qu'un vieux mur de chalet, mais son attention revenait constamment à Moteur, affaissé contre ce même mur, son vieux compagnon dont tout à l'heure il cherchait à fuir le regard. Parce qu'il en avait peur. Parce que l'être qui s'était introduit dans l'esprit de Denis voyait, à travers ses yeux, un homme qu'il redoutait, pour une raison ou une autre. Même malade et délirant. Quand ils tombèrent les yeux dans les yeux, son compagnon eut un sursaut et se remit à parler.

— As-tu compris pourquoi t'es venu ici? dit Moteur avec une voix étonnamment calme. As-tu compris que c'était pas ton idée à toi pantoute?

Moteur posa ses mains à plat sur le plancher et, un à un, les muscles de son visage se tendirent.

— Tu le sais, là, hein? Vous le savez tous, pas vrai? reprit-il en haussant le ton. Vous avez répondu à un appel. Câllés comme du gibier!

En pivotant, Moteur se retrouva à quatre pattes. Au prix d'un effort désespéré, il entreprit de se relever.

— C'est l'Éclaireur! Celui que vous avez emmené ici, au printemps, pour qu'il dorme à l'abri en attendant le retour du froid!

Il avait réussi à se lever et se tenait appuyé au mur, blanc comme un cadavre, les jambes molles comme des chiffons.

— Vous avez entendu? cria-t-il. Le froid, j'ai dit! L'Éclaireur déteste la chaleur! La chaleur l'endort! Faut endormir l'Éclaireur ou il va ouvrir la Porte à sa race! Mais écoutez-moi donc! Réagissez! Faites de quoi! Chauffez! Chauffez! Vous avez pas encore compris? Y en a pas, d'oncle Eugène! Il existe pas! C'était SA façon de vous attirer!

Moteur pointait du doigt ses spectateurs paralysés. De grosses veines gonflaient sur son cou tant il mettait d'énergie dans ses paroles, pendant que des larmes ne cessaient de dévaler la pente de ses joues. Ses genoux plièrent tout à coup...

S'agissait-il d'une perte d'équilibre ou d'un mouvement délibéré? Moteur partit soudain vers le fond du chalet, hors de la vue de Denis.

Exactement là où se trouvait...

Un hurlement de douleur emplit le chalet.

Un bruit sourd, un fracas épouvantable qui secoua la table sous le visage de Denis. Une succession de lamentations qui allaient faiblissant.

Les ronflements du feu gagnèrent en intensité. Quand un épais nuage de fumée commença à envahir le chalet, Denis comprit ce qui venait de se passer. Les autres aussi avaient compris, car des cris de stupeur éclatèrent à travers les crépitements du feu.

Une odeur abominable prit Denis à la gorge, un relent âcre, quasi épais, un fumet de viande brûlée.

Moteur ne gémissait plus. Le chalet était en feu. Personne ne pouvait plus bouger...

Mais... Denis ne venait-il pas de déplacer une épaule?

Oui! Son bras bougeait! Ça revenait!

Des flammes couraient déjà sur le mur du fond, partiellement caché par la fumée de plus en plus épaisse. Monique toussa à quelques reprises. Elle bougea elle aussi. Avec effort, Denis se redressa sur la chaise, se mit debout.

Il se sentait tout à coup sorti d'un carcan, maître de lui, comme un lièvre libéré d'un collet.

Autre chose : la lueur verte...

Coup d'œil à la fenêtre, oui, elle était toujours là, mais toute ténue. *Faut chauffer! Faut endormir l'Éclaireur!*

— Oh!

Monique avait également réussi à se lever. Elle était maintenant tournée vers l'autre coin du chalet, une main devant la bouche, ses yeux démesurément arrondis fixés en un point du plancher.

Barbie, en vitesse, traversa le chalet, entraînant par la manche un Paré hébété.

— Vite! cria-t-elle à Monique.

Elle ouvrit la porte et tira son copain à l'extérieur.

Denis poussa Monique vers la sortie, puis regarda le brasier.

Une partie du contenu de la truie était tombée sur le plancher par le petit panneau ouvert. Les flammes s'étaient ensuite communiquées à deux murs du chalet et il était trop tard pour songer à les éteindre.

À travers le feu et la fumée, Denis vit Moteur, à plat ventre sur la truie, inerte. En un bond, il fut à ses côtés. Malgré la chaleur qui léchait son visage et roussissait ses cheveux, il agrippa les chevilles de son compagnon et tira pour le sortir de là. Coincé. Peut-être un de ses bras était-il sous la truie?

Les flammes s'étendirent au plafond, créant un tourbillon de fumée qui obligea Denis à fermer les yeux et à retenir son souffle. Au-dessus des ronflements du feu surnageaient les cris de Paré et Barbie, l'exhortant à venir les rejoindre dehors.

Quand il tira plus fort sur les chevilles de Moteur, tout l'ensemble bascula, corps et truie, celle-ci déversant encore davantage de son contenu incandescent sur le plancher. Denis avait la gorge en feu. Ses poumons réclamaient de l'air de toute urgence. Il n'avait plus le choix. Il tira de toutes ses forces.

Avec un bruit de déchirement, le corps de Moteur se décolla du fer chauffé au rouge, libérant brusquement un nuage de fumée noire. Pendant une seconde, Denis aperçut le faciès carbonisé et méconnaissable de son vieux pote, ainsi que quelques filets de chair vive tendus jusqu'à la truie.

Une main de fer le saisit sous l'aisselle et le tira en arrière, au moment précis où il allait vomir. Denis perdit l'équilibre mais on le traîna jusqu'à l'extérieur, dans la neige où il s'effondra, respira enfin, toussa, se tordit de nausée.

Il sentit que l'on prenait ses bras, puis que la neige glissait sous lui. En relevant la tête, il vit Barbie et Paré qui l'entraînaient loin du chalet, visage hébété, le regard fixe comme s'ils avaient eu les idées ailleurs. Denis devina la présence de Monique tout juste derrière. Quand ils l'eurent déposé et tourné sur le dos dans la neige, il put voir l'incendie qui faisait rage.

Des flammes jaillissaient en ronflant du chalet par la porte demeurée ouverte. L'intérieur n'était plus qu'un enfer où tourbillonnait dans la fureur totale un maelström de feu et de fumée. Une à une, les fenêtres volèrent en éclats, claquements secs dans le grondement du feu, libérant des gerbes d'étincelles par toutes les ouvertures, illuminant d'orange la noirceur de la clairière.

Malgré la distance et en dépit du froid de la nuit, ils devaient plisser les yeux sous la chaleur du brasier. Barbie, dont la chevelure avait presque diminué de moitié, recula plus loin encore.

Le bois trop sec du chalet crépitait avec tellement de force, une telle rage s'en dégageait que, pendant de longues minutes, ils craignirent que l'incendie ne s'étende à toute la forêt.

— Regardez en dedans! cria Barbie.

Ce soudain éclat de voix fit sursauter Denis. Il avait vu, de toute façon. À l'intérieur, une mare de feu, d'un jaune étincelant qui tranchait sur le brasier orangé, s'écoulait rapidement des murs et dégouttait du plafond, pendant qu'une colonne de flammes s'érigeait au milieu de la place.

Cette forme, ce cylindre de feu se tordait sur lui-même, comme doté d'une vie propre, comme s'il avait souffert le plus abominable des martyres. Des traînées de feu s'en détachaient telles des membres affolés, sifflant et tournoyant dans le chalet.

Un bruit strident retentit, obligeant Denis et ses compagnons à se plaquer les mains sur les oreilles, un boucan de tous les diables qui variait en volume, dont le ton montait, et qui aurait fort bien pu être le plus horrible des hurlements poussé par une bête. L'idée insoutenable qu'un tel cri pût provenir du chalet se fit dans son esprit, mais l'instant d'après, tout le plafond s'écroula avec fracas, recouvrant la mare de feu jaune et projetant loin à l'extérieur des débris incandescents.

Le bruit strident cessa. Denis en éprouva un indescriptible soulagement, comme si un nouveau voile venait de se lever sur son esprit.

Libre! Enfin, tout à fait et véritablement maître de lui-même!

Pour la première fois depuis bien longtemps.

D'instinct, Denis se tourna dans la direction de la lueur verte. Il ne mit qu'un instant à
se rendre à l'évidence: elle avait complètement
disparu.

La Porte s'était refermée.

Épilogue

Aux premières lueurs de l'aube, revenus de la stupeur qui les avait gardés amorphes et serrés les uns contre les autres toute la nuit, ils avaient décidé de la marche à suivre pour se tirer de là au plus vite. Maintenant qu'il n'y avait plus de feu, le froid ne tarderait pas à saper leurs dernières forces. Il n'y avait plus de temps à perdre. Chacun se mit à la tâche en s'appliquant à ne pas parler de ce qui était arrivé. Tout cela les dépassait tellement! C'était trop incompréhensible, trop étourdissant, trop...

Cela avait quelque chose de nauséeux.

Alors personne ne parlait.

Denis nota le siège roussi de sa motoneige, ultime outrage des éléments au patrimoine familial, auquel il n'accorda pas la moindre importance.

Cet être cauchemardesque qu'il avait entrevu dans les flammes, était-il réellement hors d'état de nuire?

Il le fallait! Denis l'avait bien vu brûler, s'écrouler, recevoir le plafond. N'y avait-il pas également eu une dernière trace d'empathie entre eux, un frisson dans le dos de Denis au moment précis de l'impact? Un frisson de mort, un frisson de néant éternel!

Tout le monde avait les traits décomposés, mais, au moins, chacun réagissait. Ils travaillaient à la même cause, la plus importante de toutes: leur survie.

Ils œuvraient en silence, parfaitement synchronisés, comme au printemps dernier, quand ils avaient transporté la civière vide qui n'en était pas une, jusque dans...

Non! Pas ça!

Le plus important était de rassembler tout ce qui pourrait leur être utile pour rejoindre la civilisation: outils, essence, courroie de rechange, quelques pièces. La motoneige de Monique fut dépouillée au profit des deux autres.

Monique fit remarquer que la substance qui avait enduit l'intérieur des carburateurs s'était détachée, était tombée en poussière. Un simple nettoyage à l'aide d'un foulard suffit à enlever les résidus dans ceux de la motoneige de Denis.

Leurs déductions étaient bonnes: le moteur démarra sans trop se faire prier. L'absence de capot rendait la motoneige plus bruyante, sans compter la fuite au système d'échappement, dont le pot principal portait les marques du passage de l'autre motoneige.

Comme ils ne pouvaient tous prendre place sur le même engin, le trajet jusqu'à celui de Paré, enlisé quelque part aux alentours, serait long et pénible. Mais n'importe quoi était préférable au fait de rester ici, dans cet endroit de cauchemar, où un être venu d'ailleurs avait voulu les anéantir.

Les restes du chalet ne dégageant presque plus de chaleur, le risque d'incendie de forêt était écarté. Denis se surprit à chercher du mouvement dans les ruines fumantes, mais rien n'y remuait. Il n'y avait là que des tas informes de bois calciné.

L'Éclaireur. S'était-il lui même nommé ainsi, ou s'agissait-il d'un terme utilisé par Moteur pour décrire ce qu'il percevait?

Denis avait sa propre théorie pour expliquer l'étrange lien qui s'était developpé entre son compagnon et cette entité. Son état psychologique y était sûrement pour quelque chose. Ce délire profond avait probablement rendu son esprit imperméable à la volonté de l'Éclaireur. Ou peut-être était-ce l'alcool, la fièvre, ou tous ces facteurs mis ensemble.

L'oncle Eugène, lui, n'était qu'une fausseté introduite dans son esprit. L'Éclaireur était une créature vraiment redoutable, qui pouvait faire ce qu'elle voulait avec les êtres humains. Il y avait quand même quelques petites failles dans son pouvoir. La bête que Denis voyait dans ses «souvenirs» n'était pas normale. L'Éclaireur avait découvert l'existence d'un animal familier appelé chat dans l'esprit de quelqu'un, mais n'avait pu le recréer de façon parfaite, n'en ayant jamais vu un lui-même.

Quant à exposer sa théorie aux autres, Denis s'en sentait incapable. Ces événements, il ne pouvait pas les empêcher de tourner sans cesse dans son esprit. Mais en parler, ce n'était pas pareil. Il refusait d'évoquer ces choses. La simple idée de les mentionner remuait des sentiments désagréables, une crainte de provoquer...

L'Éclaireur savait-il d'avance ce qu'il allait trouver ici, sur ce monde, ou son arrivée était-elle plutôt due au hasard?

Dans un cas comme dans l'autre, cela n'écartait pas la possible venue d'un autre Éclaireur.

Denis prit place au guidon. Barbie, sûre de retrouver facilement l'engin de Paré, prit place derrière lui. Les deux autres suivraient en marchant dans la trace de la motoneige.

Tournant le dos aux ruines fumantes, Denis mit doucement les gaz.

Il leva la tête vers le ciel dégagé.

Dans son esprit flotterait toujours le spectre d'une lueur verte.

Table des matières

DU MÊME AUTEUR
DANS LA MÊME COLLECTION

Dans la maison de Müller

Imprimé au Canada

 **Imprimeries
Transcontinental inc.**
DIVISION MÉTROLITHO